Le souffle des disparus

Du même auteur

Aux éditions Grand Océan

Je veux ma place au soleil, 2005

Aux éditions Livres sans frontières

La Terre Jumelle

Vol. 1 *Au-delà de la Fournaise*, 2007

Vol. 2 *L'héritage des Sagelaures*, 2009

Vol. 3 *Le Spirito*, 2010

Sur leurs pas, 2011

Lisiane Bernadette THOMAS

Le souffle des disparus

roman

Editions Livres sans frontières

ISBN : 2-9525457-6-6

EAN : 9782952545761

(1ère publication : Grand Océan 2003)

Je dédie ce livre à toutes les personnes qui m'ont aidée à son élaboration et qui ont tenu à garder l'anonymat,

spécialement Jean et Madame Pausé.

Je le dédie également à nos disparus et tout particulièrement

à mes ancêtres qui m'ont soufflé quelques pages.

1

Ce jour de janvier ne fut pas comme les autres : plus chaud, plus humide.

Depuis une semaine, telle une prodigieuse bête en transes, un cyclone évoluait en suivant une trajectoire capricieuse. À grands coups de langue gigantesque, il lapait la surface de l'océan surchauffé au-dessous de lui : des remous immenses naissaient vagues et houle qui se bousculaient furieusement à la recherche d'une grève. Ses puissants naseaux soufflaient vers le ciel d'énormes volutes menaçantes tandis que son corps démesuré, agité de mille tourbillons internes, tournoyait en entraînant dans sa course une infinité de gouttes toutes plus ivres les unes que les autres.

Ne sachant où et quand il allait attaquer, les hommes inquiets observaient de loin son manège. Ils mesuraient sa puissance en songeant à leur impuissance. Petits et tristes face à cette joie qui résonnait au fin fond du ciel, ils attendaient, haletants, car l'air happé par le monstre commençait à se raréfier. Même les nuages gonflés de pluie, entassés au-dessus de leurs têtes, semblaient essoufflés. La terre suait à grosses gouttes : une âcre humeur aqueuse faite de toutes les peines du monde s'échappait de ses pores…

Avec ses volets clos au milieu de la verdure des grands arbres, une case qui surplombait les lacets de la route d'un petit village du sud de l'île paraissait détenir un grand secret. Son toit de tôle tentait en vain de tempérer la chaleur environnante pendant que ses parois semblaient vouloir exploser sous les coups d'une tempête inouïe qui secouait son ventre. Une énergie et une émotion intenses la faisaient se tordre dans tous les sens car un enfant allait naître… Cependant, l'air fort et lourd la tenait bien campée sur ses pieds de bois.

Quand vers midi, des ombres fugitives effleurèrent les cloisons de la chambre, le ventre de la femme allongée frissonna. Peu après, l'enfant naquit.

Le cri qu'il poussa retentit comme une délivrance et un espoir. Aussitôt, la case retrouva son souffle clair. Une poutre soupira longuement. Un fil tendu le matin même par une araignée cherchant un abri se souleva puis s'affaissa. Un rai de lumière chaude, écartant deux bardeaux vermoulus, se fraya un passage entre la poutre et le fil de l'araignée, hésita un moment, puis alla se poser sur les paupières bleues de l'enfant. Ce dernier ouvrit les yeux et saisit la lumière dans son petit poing.

Dans le ciel, un bouquet se forma à l'endroit où nichent les étoiles puis éclata, en libérant mille couleurs.

En se penchant un peu, Aimable aperçut dans la chambre la voisine qui langeait le nouveau-né. Tout s'était bien passé. Comme le vent qui n'a besoin d'aucune aide pour trouver la direction de la plaine, la petite tête avait poussé seule entre les cuisses de Fernande. La voisine qui avait elle-même accouché dix fois s'était occupée de tout en l'absence de la sage-femme du village appelée ailleurs. Sans hésiter, elle avait sectionné puis noué le cordon bleuâtre. Ensuite, après avoir lavé le bébé, elle avait aidé à la délivrance : sa main sûre avait expulsé du ventre maternel un reste de sang inutile désormais.

- Merci, articula faiblement Fernande.

- Na pas d'quoi, protesta la femme en posant ses mains sur son ventre distendu. Ce sera bientôt mon tour et j'aurai besoin de vous ! Je vais aller vous préparer un bouillon de poule.

Sa voix se dissolvait dans les pans de chaleur moite tombant du plafond. Elle s'assura que portes et fenêtres étaient bien fermées car, dehors, le vent tiède qui arrachait rageusement la poussière du jardin voulait entrer dans la maison pour pousser sa plainte gonflée des gémissements des hommes jusque dans le lit. Pas une seule bouffée de cet air-là avant plusieurs jours !

Le cri rauque d'un poulet égorgé déchira l'air et fit trembler les arbres.

« Je vais chercher les enfants puisque c'est fait », dit Aimable et, subitement abasourdi par cette sixième naissance, il sortit.

D'habitude, lorsqu'il se tenait sur la colline rousse où commencent les champs, il logeait dans ses yeux le pays jusqu'à l'horizon, les maisons doucement usées par les alizés, le chemin de terre rouge dégringolant entre les champs de cannes, la ravine et ses ombres rassurantes, le cœur du village battant au rythme du clocher et, plus bas encore, avant la mer, les pentes sèches et stériles brûlées par le soleil. Mais aujourd'hui, l'espace lui paraissait soudain étriqué ; un trou se creusait dans sa poitrine ; un vent venu d'on ne sait où balayait sa vigueur. Une envie de pleurer pinça sa poitrine... Mais jamais il ne laissait couler ses larmes. Celles-ci avaient fini au fil du temps par devenir des larmes fossiles qui colmataient toutes les brèches de son cœur. Il sentait que ce cœur lentement se pétrifiait mais il était impuissant devant cette fatalité.

En passant dans le jardin, il creusa un trou contre une touffe de chocas et y déposa le contenu noir et mou d'une cuvette sanglante. Flop ! Flop ! Un bruit écœurant, triste comme une plainte de chienne, un tas de sang et d'âme morte voué aux fourmis et aux vers. D'un crachat, il arrosa cette masse palpitante qui s'étalait à ses pieds en gros flocons juteux et souillés : de la souffrance et du désir mêlés à de la boue. Un ultime frisson secoua la minuscule tombe.

Tout l'après-midi, une lumière blanchâtre ayant réussi à traverser la masse nuageuse erra sur la terre, ne sachant trop où aller, comme sentant une menace. Finalement, vers cinq heures, elle fila par petites touches, en douce, effrayée par les coups de vent qui la brutalisaient de plus en plus. Un large et épais nuage fuligineux recouvrit alors le ciel et descendit tellement bas sur l'île qu'on pouvait presque le toucher.

Debout au pied du lit de Fernande, ses cinq autres enfants la regardaient, hébétés, heureux. Deux cadeaux du ciel le même jour ! Un petit frère et un cyclone ! Quelle fête ! Après avoir maîtrisé leur émotion en admirant dévotement le premier, ils laissèrent éclater leur joie en faisant part à Fernande des changements significatifs du temps :

- Manman, crièrent-ils tout excités, dehors, i sent cacia, calyptus, mangue vert ! Dawar le vent i donne là-haut, tran'crase la forêt !...

Ils prirent des mines sérieuses en disant cela, comme s'ils évaluaient déjà les prochains dégâts.

- Vous n'allez pas rire demain matin quand tout sera dévasté, intervint Aimable que toute cette jubilation enfantine agaçait. Alors, arrête crier ! Allez rode in l'occupation !

Et il les chargea de menues besognes destinées à les calmer : faire des provisions d'eau, mettre à l'abri les fanjans, rentrer les poules et verrouiller le portail… Lui-même n'avait pas encore trouvé le temps de venir voir de près le nouveau-né, tant il était occupé et préoccupé. Pendant qu'il barricadait portes et fenêtres, il se disait que cet enfant était comme les autres, qu'il le verrait le lendemain, que des tâches plus urgentes l'appelaient pour le moment. Mais en fait, son cœur était lourd. L'inquiétude qu'il traînait depuis le matin, depuis que la menace cyclonique s'était précisée, l'avait empêché de franchir la porte de la chambre. Les enfants essayèrent bien de le dérider en affichant une gaieté excessive :

« Et tous ces cheveux qu'il a sur le front ! Il est tout rose !… »

Peine perdue, le père n'était préoccupé que par le fardeau invisible qu'il portait. Il allait et venait en se lamentant et sa voix se confondait avec celle du vent : « Je me demande pourquoi je travaille. Je suis dépité. Saloperie de cyclone !… »

Le vent émiettait le flot de ses paroles puis dispersait les miettes en ricanant pendant que furieux, Aimable poursuivait son monologue déprimant : « Ça va être la ruine ! Une vraie désolation ! Je perds mon temps et mon argent dans cette terre !… »

« Poussez-vous ! dit-il aux enfants qui avaient mal dans leurs poitrines trop petites parce que le bonheur et la déception y façonnaient de minuscules failles, allez vous coucher maintenant ! »

Comme en réponse à la fureur d'Aimable, dehors, les nuages explosaient. De longues plaintes retentissantes couraient le long de l'échine de l'île. Des bourrasques hurlaient et les arbres épouvantés cherchaient à fuir. Attachés par des racines solides, tels des prisonniers voulant échapper à leur destin, ils s'agitaient désespérément de tous côtés, leurs grands bras pitoyables tendus vers le ciel aveugle. Un déluge de grains d'eau heurtait le toit avec violence. Toute la case tremblait. Des voix sépulcrales remontées des anfractuosités des ravines ou des tombeaux ravagés parvenaient aux oreilles des enfants à la fois terrorisés et heureux.

Ils imaginaient avec plaisir le spectacle qui les attendait après le départ de la tourmente. Quel enchantement quand, au réveil, on ne reconnaissait plus rien ! Ni l'air, ni le sol, ni le jardin ! Un cyclone était un magicien qui changeait tout sur son passage… Et s'il allait également ramener le sourire sur le visage de leur père ?

Aimable enfin rejoignit la chambre où reposaient la mère et le bébé. Fernande savait que la pourriture du temps gagnait toujours Aimable comme une gangrène et que, quand il était à bout, il déversait toute sa souffrance sur les enfants et sur elle. Que pouvait-elle répondre à cet homme en colère contre le ciel ? Tombant de fatigue, elle désirait qu'il se taise et tentait de le calmer : « Ce n'est rien qu'une dépression, les vents ne seront pas trop forts, ne t'inquiète pas tant ! » Mais Aimable ne pouvait plus supporter ce temps et éclata en invectives violentes contre la pluie qui tambourinait de toutes ses forces sur la terre. Des éclats de voix cognaient contre les poutres de bois tandis qu'à l'extérieur, à coups de pied rageurs, le vent défonçait les murs de la case. Submergés de coupable bonheur, les enfants presque endormis tremblaient.

C'est alors seulement qu'Aimable repensa au petit être qui venait d'arriver. La lumière blafarde de la bougie ne lui permettait pas de distinguer nettement son visage. Il se demanda à qui il pouvait bien ressembler, mais il s'endormit sur cette question, terrassé par les soucis que le vent lui avait mis en tête.

L'enfant quant à lui avait perçu des visages autour de lui mais il n'avait pas encore vu l'homme qui était son père et il se sentait délaissé.

Le lendemain matin, avant de courir pieds nus dans le jardin jonché de feuilles, de pétales et de rameaux, les enfants se précipitèrent vers la couche maternelle en murmurant le nom du bébé : « Jean… »

2

Aurélie fut la première à se présenter au salon de coiffure :

- Le mois prochain, je vais être embauchée comme réceptionniste dans un hôtel. En attendant, je cherche du travail et j'ai vu votre annonce.

- Vous avez déjà travaillé ? lui demanda Jean.

- Non, mais je suppose que faire un shampooing, ce n'est pas la mer à boire. Pour le reste, vous m'apprendrez, je pige très vite.

Elle l'avait fixé sans sourciller en répondant à sa question et l'air décidé et vif qu'elle affichait plut immédiatement à Jean. Il en avait déduit qu'elle ferait l'affaire. Elle n'était pas vraiment du genre jolie, plutôt petite, trop maigre avec les membres menus et les cheveux décolorés à la va-vite. Elle portait une robe longue d'un jaune fade. De plus, elle était blanche et il préférait les peaux sombres. Cependant, il y avait en elle un je ne sais quoi qui la faisait ressembler à un poulain rétif, ce qui le séduisit.

Le lendemain après-midi, il lui expliquait pour la troisième fois comment préparer une teinture. Soudain, elle se tourna vers lui, croisa les bras et le transperça d'un regard effronté. Décontenancé, il balbutia :

- C'est très important ! Un mauvais dosage et les cheveux de la cliente peuvent être brûlés !

- Cela aussi, je l'avais compris, lança-t-elle d'une voix aigre.

Elle saisit le récipient et commença à y verser les produits. Il voulut répondre quelque chose mais buta sur les mots. Il la regarda à la dérobée. Son assurance défiait toute attaque, à moins que celle-ci ne soit solidement fondée. Il finit par sourire :

« Il faut que je garde cette fille ! »

Après le travail, en quittant le salon de thé où il l'avait invitée « afin de parler des conditions d'embauche », il voulut lui prendre la main :

- Que faites-vous maintenant ?

- Maintenant, je rentre. Si vous comptiez prolonger la soirée, désolée ! Merci pour le café.

Le souvenir de cette soirée lui revenait à présent en mémoire. Cela s'était passé en mars. On était en juin et Aurélie était sa femme.

Il revit l'enseigne du salon de thé : « Chaud et Froid », la chevelure frisée d'Aurélie dansant sous les étoiles au rythme de son pas rapide. Une voiture passant à ce moment-là avait éclairé son dos. Elle avait disparu sans se retourner.

De retour chez lui, il n'avait pu trouver le repos. Aurélie semblait entière, inaccessible. De ce fait, elle l'intriguait et l'intéressait à la fois.

Depuis longtemps, il voguait voluptueusement d'aventure en aventure, de conquête en conquête. Quand il voyait une jeune fille, il éprouvait toujours un besoin irrésistible de la séduire. D'après la fermeté de ses épaules ou la robustesse de ses bras, il évaluait son comportement au lit. En pensée, il se perdait bien vite dans le fin duvet qui chatoyait à la racine de ses cheveux, il parcourait son corps à la recherche du même duvet, il s'arrêtait au-dessus du nombril, imaginait le velours et la couleur plus tendre de l'intérieur des cuisses, l'opalescence de la poitrine. Et son métier lui permettait de rêver à l'infinie douceur des femmes. Il en côtoyait beaucoup chaque jour… Quelques-unes le prenaient par la main et l'entraînaient vers les rivages secrets de leurs corps tandis que la plupart d'entre elles ressemblaient à ces truites qui, après avoir laissé entrevoir le rose saumoné de leur ventre, glissent entre les doigts du pêcheur pour aller se cacher sous les pierres du fond de la rivière.

Quoi qu'il en soit, ces silhouettes alléchantes avaient le pouvoir de le tenir éveillé pendant une bonne partie de la nuit, de le ronger de cuisants désirs jusqu'à ce que sa tête en feu soit vaincue par le sommeil et la fatigue.

« C'est génétique ! clamait-il souvent. Avec un grand-père qui s'est marié quatre fois, un autre qui est parti un matin pour ne réintégrer le domicile conjugal qu'un an plus tard - en attendant, il filait le parfait amour auprès d'une belle - comment voulez-vous qu'il en soit autrement ? »

Aujourd'hui, Aurélie ne rentrerait qu'à neuf heures. Jean avait réchauffé le dîner en suivant scrupuleusement les indications portées sur l'ardoise de la cuisine :

Lundi : potage, steak grillé, fromage, fruit.

Mardi : salade de tomates, shop-suey de poulet (sans matières grasses), sorbet.

Mercredi : riz, grains, cari de viande ou de poisson, yaourt…

On était mardi et il l'attendait.

Le minuscule balcon de l'appartement encombré de plantes vertes exhalait un parfum de fougère humide et d'humus. On se serait cru, en fermant les yeux, dans un sous-bois. Jean s'y sentait bien. Il louait les talents d'Aurélie qui avait su transformer une cage de béton située au deuxième étage en un endroit délicieusement frais.

Détendu au milieu de cette verdure, il passait en revue toutes les raisons qui l'avaient précipité dans le mariage : un penchant certain pour le sexe, le sida dressé comme un spectre pouvant faire d'amour et de mort de sinistres synonymes et la virginité d'Aurélie qu'il avait, en connaisseur, devinée dès leur première rencontre. Cette même virginité lui avait donné à penser qu'il pourrait tout lui apprendre. Elle serait l'élève et lui le maître. De plus, la ténacité, l'intelligence et la capacité de travail d'Aurélie étaient des qualités qui lui semblaient intéressantes. Enfin, comme tout en les recherchant, il se méfiait des fougues destructrices qui accompagnent les attachements passionnés, il se jeta avec confiance dans les bras d'une paisible tendresse offerte par une Aurélie qui n'était pas une amoureuse ardente.

Jean alla s'assurer encore une fois que tout était prêt : le repas, la table, les fleurs.

Aurélie pensait qu'un époux devait de temps en temps offrir des fleurs à sa femme : « Je pense que c'est une façon de lui prouver son amour ! ». Une fois par semaine, il ramenait donc une douzaine de roses à la maison, et comme elle lui avait confié que les roses rouges incarnaient pour elle la passion dans toute sa plénitude, c'étaient surtout des roses rouges qui garnissaient les grands vases chinois. Un jour qu'il les avait remplacées par de longs glaïeuls jaunes, incarnats et blancs, Aurélie avait à peine regardé les bouquets.

Il avait pensé :

« On ne peut rien contre les idées reçues. Si je lui offrais un bouquet de fleurs des champs que j'aurais moi-même cueilli, elle penserait que mon amour faiblit » …

Ce soir, particulièrement, était un soir à roses rouges…

En effet, quand Aurélie rentra, elle s'extasia, puis huma les fleurs, en caressa les pétales.

« Elles sont vraiment magnifiques, merci mon chéri ! »

Depuis qu'ils étaient mariés, elle l'appelait ainsi. Quand elle quittait le salon de coiffure, de la porte, elle lançait toujours un sonore et ostentatoire : « À ce soir chéri ! ». Les mots ricochaient en cinglant les oreilles d'une employée un peu trop charmante ou d'une cliente trop court vêtue. Jean s'en amusait.

Après le dîner, il lui proposa :

« Va te coucher si tu es fatiguée ; je vais t'apporter une tisane. »

Il avait pris l'habitude, le soir, de lui en préparer une, qu'elle sirotait devant la télé ou au lit.

Peu de temps après leur mariage, elle lui avait confié :

- C'est papa qui prépare le petit-déjeuner de maman, le matin !

Il avait tout de suite répliqué en lui caressant les cheveux :

- D'accord pour les petits-déjeuners ! Je servirai ma femme au lit !

Puis il avait ajouté :

« Et je lui préparerai une tisane le soir ! »

Aurélie avait cru fondre de tendresse. Dans le difficile apprentissage de la vie à deux, elle trouvait au fond qu'elle se débrouillait bien.

Cet homme devenait petit à petit son homme, mari prévenant, docile, soucieux de lui plaire. Lentement, il se pliait à ses désirs, il voyait la vie conjugale avec ses yeux à elle…

Jean lui avait demandé de l'épouser, un jour qu'ils revenaient d'une promenade. Ils avaient marché une heure et puis s'étaient assis sous un arbre. Elle avait répondu « oui » aussitôt, flattée que ce fût elle qu'il ait choisie. Elle ne s'était pas sentie consumée de passion, mais plutôt remuée par une douce attirance. Elle avait pensé que c'était mieux ainsi car elle se méfiait elle aussi des grandes amours qui font perdre la raison. En revanche, elle avait imaginé Jean follement épris d'elle. Cette idée l'avait grisée. Mais repoussant l'ardeur de plus en plus insistante du jeune homme, elle avait tenu bon et refusé jusqu'au jour du mariage de partager son lit. Elle avait trouvé assez plaisant que cet homme, habitué à avoir la femme qu'il désirait, quand il le désirait, soit obligé de se plier à son bon vouloir. C'était en quelque sorte une bonne leçon de patience à lui donner. Il saurait ainsi qu'elle était différente des autres. En fait, elle comptait beaucoup sur l'atout différence pour le garder auprès d'elle car elle pressentait malgré tout qu'un viveur ne se change pas en sage du jour au lendemain. Elle espérait donc qu'il se répète à longueur de temps : « Cette femme est ma chance ! » afin qu'il se persuade de la nécessité de tout faire pour lui plaire.

Et puis, elle avait songé au confort d'être mariée à un coiffeur. Très vite, il lui avait offert une voiture. Il ne comptait pas l'argent avant de le dépenser. Finies les fins de mois difficiles, les casse-tête pour pouvoir s'acheter des vêtements, les pertes de temps aux arrêts de bus ! …

« Je finis de lire cette page, je dormirai ensuite. Je manque de sommeil. »

Des bruits familiers lui parvenaient de la cuisine. Cette façon de faire la vaisselle l'énervait. Jean utilisait beaucoup trop de savon, un jet de liquide à chaque assiette et dix fois trop d'eau. Elle lui en avait fait la remarque plusieurs fois mais il n'arrivait pas à se corriger.

« Ça viendra, pensa-t-elle, chaque chose en son temps ! »

Elle tenta de se concentrer sur les pages de son roman pour oublier le spectacle de la cuisine: flaques sur le sol, gouttes sur la paillasse, assiettes et bols dégoulinants dans l'égouttoir. C'était entre eux un sujet de discorde : elle prétendait qu'il fallait essuyer la vaisselle et la ranger dans le placard ; lui, jugeait qu'elle pouvait aussi bien sécher à l'air.

Le parfum entêtant des roses rouges vint chatouiller ses narines, poussé par un souffle invisible qui chuchotait :

« Ne le brusque pas ! Patience ! Douceur et patience ! »

Rassérénée par ce conseil, elle posa le livre au pied du lit et s'allongea tout à fait sous les draps.

Un sachet de tilleul et un comprimé de somnifère dans le bol bleu, uniquement du tilleul dans le bol blanc.

La gueule du vide-ordures claqua une première fois, avalant le contenu de la poubelle, une deuxième fois engloutissant les minuscules sachets meurtris par l'eau bouillante et vidés de leur essence. Encore quelques chocs : portes fermées, chaises qui raclent les carreaux… Jean était satisfait. Il s'était attardé plus que de coutume aux travaux ménagers. Son plan machiavélique était tout à fait au point maintenant. Il l'avait souvent mis en œuvre. Les premières fois, il n'avait pu se débarrasser d'une certaine appréhension qui lui avait donné un air crispé et qui avait failli tout faire échouer. Une fois, il avait oublié d'acheter du tilleul et avait dû se contenter de quelques feuilles de menthe. Mais aujourd'hui, tout y était.

Après lui avoir tendu le bol bleu, il avala le contenu de l'autre bol. Il s'étendit près d'elle et, du bout des doigts, caressa sa nuque.

« Non, dit-elle, avec dans la voix un ton de gentil reproche, nous sommes le dix, encore trois jours, patience chéri ! »

Aux premiers jours de leur mariage, elle s'était plainte de douleurs lors des rapports et elle en avait imposé la fréquence à Jean : un jour sur deux, le soir avant de s'endormir pour que le corps puisse se reposer. Le jeune mari avait accepté ces exigences, avait fait montre de compréhension malgré sa déception.

Au bout d'un mois, Aurélie n'accepta plus les étreintes que deux fois par semaine. Jean était consterné. L'amour, cette fête du corps et du cœur pouvant à tout moment faire éclater ses flonflons, devenait un acte à accomplir selon un emploi du temps précis, fixé par avance, immuable.

D'abord, il la suspecta de frigidité. Ensuite, la coquetterie lui sembla être une explication plausible à ce manque d'élan : elle pensait sans doute que le piment de l'attente permettait d'éviter la lassitude. Cela lui parut niais, mais charmant. Finalement, il refusa de chercher à comprendre…

Elle dormait déjà, respirant calmement, le corps enfermé dans un pyjama de coton beaucoup trop couvrant. Il lui avait suggéré à plusieurs reprises de rester nue sous le drap, mais elle avait refusé tout net de céder à ce caprice. Alors, il lui avait offert une très courte chemise en soie, échancrée et rouge, mais elle ne la portait que sous un déshabillé qui lui tombait aux chevilles…

Il se remit sur le dos pour suivre le vol affolé d'un grand papillon de nuit qui se brûlait les ailes sur le verre de l'ampoule électrique.

« Encore trois jours ! » Cette réponse, il l'attendait.

« Et si elle s'était jetée dans mes bras avec fougue? »

Il imagina ce corps fondu dans le sien, ardent, emporté dans une course folle. Il se le figura, liane vivante enroulée autour de lui.

La constance de ses comportements l'ennuyait. Il aurait préféré qu'elle soit comme ces bulles qui peuvent aussi bien vous éclater sur le bout du nez que monter haut dans le ciel et disparaître derrière un rayon de lumière.

Les ailes du papillon grésillaient. Immanquablement, il allait tomber et mourir…

Maintenant, ils ne faisaient plus l'amour que quelques jours par mois.

- Vive la méthode naturelle ! avait-elle claironné un soir. Et elle avait fait disparaître ses plaquettes de pilules sans autre forme de procès.

- Ecoute… avait protesté Jean, attends, on peut en discuter peut-être…

L'explication qu'elle fournit fut émaillée de chiffres, de pourcentages, de cancers du col, de nausées, de risques d'accidents cardiaques, de grossesses multiples, de déséquilibres hormonaux. Jean abasourdi écoutait son exposé... L'amour dépeint par Aurélie se résumait à une liste effroyable de catastrophes qui faisaient songer à la mort ou à la décrépitude. L'amour pour lui était la délicieuse rencontre de deux êtres qui tentent de fusionner. Sa tête bourdonnait. Ils ne parlaient pas le même langage...

Brusquement, le papillon s'abattit sur le lit. Jean le saisit. Il observa la tête de mort dessinée sur son dos et ne put s'empêcher de faire le rapprochement entre cette marque collée à l'insecte depuis sa naissance et son tragique destin. Depuis une heure, il fonçait avec un fol acharnement vers sa fin alors que l'air frais, au-dehors, aurait dû le détourner de ce funeste sort. Dérangé par le macabre dessin qui ornait le thorax de l'insecte, Jean le jeta dans la poubelle.

La respiration saccadée d'Aurélie remplaça le bourdonnement du papillon. Une vague de mélancolie envahit la chambre. Alors, Jean se leva, éteignit la lumière et sortit sur la pointe des pieds.

3

L'obscurité était épaisse. Gladys l'attendait au bar d'une boîte de Saint-Gilles. Ils avaient rendez-vous à minuit moins le quart. Il roulait lentement parce qu'il désirait se débarrasser de l'humeur chagrine qui, telle une chape, l'avait engourdi depuis la mort du papillon. Maintenant qu'il était en route, son âme empêtrée dans un filet de mensonges et de scrupules ne parvenait pas à se distraire. Il se sentait en faute, un peu las aussi, las de tous ces efforts tendus vers un seul but : s'échapper de la léthargique vie conjugale, courir vers une autre femme à la recherche de plaisirs. Maintes fois, il tenta de se concentrer sur Gladys, une Gladys aux seins superbement hauts, à la peau de satin parsemée de grains roux, à la démarche chaloupée. En vain…

Cette escapade suscita en lui un souvenir très précis. C'est la nuit, il a huit ans, son père sort. Sa mère se lève après son départ et va travailler… Elle tombe de sommeil et par moments, elle est tellement penchée en avant qu'il craint que son cou ne se brise. C'est ce qui le tourmente le plus. Il en veut à son père d'être parti. Caché derrière la porte de l'atelier de couture, il veille sur sa mère en faisant le serment de punir le coupable à son retour. Pour cela, il imagine toutes sortes de moyens. Il pense à un piège dans le jardin à l'endroit où son père est le premier à passer le matin : un grand trou rempli de crapauds, haut comme la maison, recouvert de paille. Mais il doit écarter cette idée car il craint que le mort ne vienne lui tirer les pieds pendant son sommeil. D'après ses copains d'école, c'est le sort réservé aux meurtriers. Il préférerait donc une solution moins dangereuse pour lui-même, mais il n'en trouve aucune et son âme d'enfant s'abîme dans une rage impuissante jusqu'à ce que sa mère, allant se coucher, le découvre roulé en boule par terre…

Nerveux, il accéléra.

Pendant combien de temps allait-il pouvoir encore se fabriquer des comportements fallacieux? Jusqu'où iraient ses facultés d'imagination dans cette quête de plaisirs extraconjugaux ? Et si ces délires nocturnes avaient le pouvoir de l'égarer sur des sentiers dont il ne soupçonnait même pas l'existence ?

Un filet de lune trop mince pour éclairer les arbres et la route s'amusait à se dissimuler derrière un voile de nuages. Les trous noirs des fossés, les maisons repliées au milieu de leurs clôtures agressives, les espaces gris et muets des champs, rien de tout cela n'invitait à la béatitude. Si l'enfer existait, cette nuit devait lui ressembler, nuit éternelle sans la moindre aurore au bout, nuit de géhenne pour les damnés et les maudits…

Alors que des coups de vents balayaient les ténèbres de souffles terribles, Jean entrevit quelques images échappées des histoires de son enfance : des cercueils barrant la route aux promeneurs attardés, des lutins dévalant la pente des sentiers, des êtres fantomatiques dansant à des carrefours. Il se dit qu'une nuit comme celle qui l'enveloppait était bien capable d'engendrer de telles créatures et de tels phénomènes. Pourtant, d'ordinaire, elle était son alliée. Elle savait le cacher dans ses plis pour l'emporter pendant qu'elle entretenait le sommeil d'Aurélie. Elle avait le pouvoir de lui offrir des femmes, ou plutôt des apparitions nocturnes, sortes d'éphémères fascinants. Elle le calmait après une journée éreintante, faisait taire la ville pour qu'il profite du silence.

Cependant, ce soir, elle paraissait fermée et ne lui disait rien. Elle lui tournait le dos, muette dans son opacité, insensible au doute qui telle une araignée paralysait lentement son exaltation dans ses fils.

Il fit descendre la vitre de la voiture, aspira une grande bouffée d'air frais, puis souffla à plusieurs reprises pour rejeter l'haleine sinistre qui s'était engouffrée dans le véhicule. Il sourit : le dancing trouant l'obscurité de ses feux clignotants lui faisait signe. Une femme-flamme l'y attendait…

Nimbée de musique et de lumière, les yeux clos, elle dansait sur la piste. Poursuivait-elle un long rêve ? Prononçait-elle une incantation ? Etait-elle réelle ? Jean s'approcha d'elle, la prit par la main et l'entraîna vers sa voiture. Dans la fraîcheur et l'épaisseur de l'ombre, un long baiser les immobilisa un instant puis ils roulèrent sans un mot jusqu'au bord de la mer. Quand il se pencha vers elle pour défaire la fermeture de son jean, elle ouvrit très doucement les cuisses. Une tumescence brûlante s'offrait à lui, tout simplement. Et sur le sable froid, sous le croissant de lune suspendu juste au-dessus de l'horizon, ils assouvirent leur faim de plaisir. Une fine rosée recouvrit leur nudité. Peu à peu, la lune glissa dans la mer…

Aurélie fulminait. Quatre heures du matin et encore le chevrotement de ces maudits volets ! Elle se tourna vers Jean, et en voulut à la respiration paisible qui s'échappait de ses lèvres. Evidemment, il avait encore eu trop chaud, s'était levé pour boire et avait laissé la fenêtre ouverte.

Le lit grinça, mais Jean qui dormait profondément ressemblait à un enfant que rien ne peut déranger. Elle s'enroula entièrement dans le drap avec l'espoir qu'ayant froid, il se réveille aussi. Mais, à sa grande déception, le corps nu tout ensommeillé se retourna avant de s'immobiliser sur le dos. Maintenant, Jean ronflait légèrement. Chacun de ses souffles s'étirait comme un soupir de bien-être.

Un flamboyant craqua au pied de l'immeuble : quelques rafales tiraillaient ses feuilles. Puis ce fut le silence. De temps en temps, on entendait le vent qui renâclait. Il ne s'était pas encore habitué à ces brusques changements de température qui le ranimaient tous les matins, depuis quelques jours, à l'approche de l'aube.

Aurélie se sentit bridée dans les plis du drap qu'elle repoussa avec colère. L'énervement lui donnait chaud à présent. Elle transpirait. Le sommeil l'avait fuie...Elle finit par trouver ce qu'elle allait lui dire à son réveil. Cela la calma un peu et elle se rendormit.

L'odeur du café chaud la réveilla deux heures plus tard. Le plateau était posé à la place de Jean, sur le lit. Les volets avaient été refermés, mais par les interstices, se glissait une lueur fugitive de l'aube naissante. Elle se dressa à demi, s'appuya sur ses coudes et cria à son mari qui s'activait dans la cuisine : « Tu sais chéri, lorsque tu auras trop chaud la nuit, je préférerais que tu dormes sur le canapé, dans le salon ! »

Il sursauta, mais rien dans l'intonation de sa femme ne l'autorisa à penser qu'elle se doutait de quelque chose. Il prit le parti d'affecter une totale assurance en dépit de la perplexité qui lui nouait soudain la gorge.

Pendant qu'elle se prélassait au lit, il revit le petit garçon blême qui après une nuit agitée, s'était réveillé en ce lointain matin. Les yeux brûlants de fièvre, il presse sa mère de questions en constatant que son père parti depuis la veille n'est pas encore rentré. Cette dernière, en l'attirant à elle, lui murmure à l'oreille :

« Papa est allé surveiller les voleurs de bananes qui viennent la nuit. Surtout, n'en parle à personne ! »

Il a des doutes. Il lui désigne le fusil d'Aimable qui se trouve toujours sur le haut de l'armoire ; la couche de poussière qui en recouvre la crosse n'a pas été dérangée.

« Papa ne pouvait pas l'emporter, explique Fernande en roulant des yeux de terrorisée. Il y a peut-être des invisibles là-haut et il ne faut pas qu'ils voient son fusil ! »

Cette fois, il s'en va, rassuré. Elle lui en a assez dit pour que son esprit allumé trouve matière à réflexion. Elle l'a projeté dans le monde surnaturel des invisibles, ces êtres maléfiques qui hantent le village. On raconte partout qu'une recette du Petit Albert intitulée: « Comment devenir invisible ? » scrupuleusement suivie, permet à des hommes tout à fait ordinaires de devenir invisibles pour pouvoir se transformer en chiens, l'espace de quelques heures… Son père lui-même a des amis qui se vantent d'avoir recours à ces pratiques diaboliques. Les enfants répètent ce que les grands chuchotent le soir venu, derrière les portes closes : à minuit, dans une croisée de chemins, une marmite neuve dans laquelle mijote un chat tout noir jeté vivant dans de l'eau bouillante ; l'aspirant invisible devant un miroir, désossant l'animal cuit en proférant des formules magiques jusqu'à ce que son image disparaisse de la glace ; des chiens énormes, anormalement énormes, rôdant autour des cases tapies dans l'ombre des nuits sans lune… Et puis il y a Capi, le chien de la maison. Certains soirs, il grimpe sur le toit de la cuisine en hurlant de terreur pendant qu'une meute bruyante surgit dans la cour… Il se souvint du cadavre gonflé de l'un de ces monstres qui répandait dans un champ de cannes proche des vapeurs méphitiques. Un soir, une détonation avait percé le silence. La bête avait poussé un cri tellement déchirant que le village avait frissonné. On prétendit que c'était Aimable qui avait tiré et on le félicita. Le bruit courut qu'un homme de la ville voisine avait été blessé. Les enfants, en revenant de l'école, s'attroupaient autour de la mystérieuse victime, espérant lui trouver un air surnaturel ou humain. Mais la fourrure blanche, maculée de boue, de poudre, grouillante de mouches bleues demeurait figée dans un silence obstiné. Au fil des jours, le soleil, la pluie l'avaient vidée, puis desséchée. L'espoir de percer son secret s'était évanoui.

Ce retour dans le passé mit Jean mal à l'aise. Cet homme transpercé d'une balle alors qu'il se croyait invisible, basculant dans le fossé sans avoir eu le temps de retrouver sa forme première, le perturbait ce matin. Il ne pouvait s'empêcher de faire des rapprochements entre sa propre situation et celle de ce malheureux. Et comme pour faire diversion au trouble qui l'embarrassait, il pensa : pourquoi avoir choisi de se glisser dans la peau d'un chien ? Un chien qui rôde la nuit autour des poulaillers risque sa vie, assurément. Il avait entendu parler d'expériences similaires pratiquées au Mexique par des Indiens qui se transforment en corbeaux à l'aide d'une alliée : herbe ou champignon ; ces oiseaux n'étant ni dangereux, ni comestibles, ni craints, volent inaperçus. Il ne viendrait jamais à personne l'idée de les abattre…

Le doute ne le lâchait plus et son café refroidissait. Il dut s'en réchauffer un autre qu'il avala avec des biscuits, le regard perdu par-delà les cimes des arbres bordant la rue…

Il pensa à ce qu'Aurélie venait de lui dire et se promit d'être plus prudent à l'avenir.

Comme d'habitude, il avait ouvert la fenêtre en rentrant cette nuit pour pouvoir éventuellement justifier le bruit qu'aurait pu émettre la serrure de la porte d'entrée. Aurélie s'en était plainte, il s'y attendait. Mais à aucun moment, il n'avait été effleuré par l'idée qu'elle puisse l'évincer du lit conjugal.

Etait-ce une aubaine ? Etait-ce un piège ?

Il but un deuxième café, passa une main énergique dans ses cheveux, d'arrière en avant, puis d'avant en arrière, et comme revigoré par ces gestes, il se dirigea vers la chambre.

Déjà, elle se levait. Elle lui sourit en nouant la ceinture de sa robe de chambre et se dirigea vers la salle de bains. Il la suivit un peu, puis s'immobilisa dans l'attente d'un mot qui aurait précisé sa pensée ou ses desseins. Mais elle se tut, le laissant seul en proie à ses interrogations…

Le bruit de l'eau dans la douche empêchait, de toute façon, toute conversation. Il se dit que plus tard, lorsqu'il serait plus serein, il aborderait le sujet avec elle.

4

En cette fin d'après-midi, Madeleine se dirigeait vers Saint-Denis. Elle venait de claquer la porte au nez de sa mère et sous une pluie battante, elle allait se réfugier chez Axel.

La petite voiture, fatiguée à cause de son âge avancé, toussotait. Sans doute n'avait-elle pas apprécié de rouler dans des flaques. Madeleine avait dû s'arrêter. Plusieurs automobilistes lui avaient proposé leur aide qu'elle avait refusée d'un signe de tête impatient qui signifiait : « Mêlez-vous de ce qui vous regarde ! »

Maintenant, elle était trempée ; sa robe maculée de boue pendait lamentablement, sans forme. Son teint de pain brûlé et ses cheveux bruns avaient terni, comme délavés par l'eau du ciel.

Ce que lui avait dit sa mère lui revenait en mémoire :

- Tu dois quitter cet homme. Il ne t'apportera que du malheur ! Je ne vois que du mauvais pour vous…

- Mais non, pourquoi dis-tu cela ? Tu ne le connais même pas ! Arrête fait la langue cabri, maman[1], supplia-t-elle.

Madame Pausé lui avait alors livré sans détours sa pensée :

- Tu manques de courage et de lucidité. Quoi que tu fasses, tu ne pourras rien y changer ! On ne transforme pas les gens !

Madeleine détestait ce type de phrases toutes faites, ressassées, qu'affectionnait tout particulièrement sa mère. Elle essaya de se rassurer : « Maman est fataliste. Les choses peuvent changer, après tout ! »

Mais au fond, elle savait que sa mère ne parlait pas à la légère, qu'elle était souvent guidée par son intuition.

« Tention ma fille, out zieu lé bouché » ! Cette dernière phrase l'avait particulièrement mise hors d'elle.

Poussées par la fureur, des larmes coulèrent sur ses joues.

La pluie cessa et le soleil se mit à chasser les dernières vapeurs qui s'échappaient du goudron. Elle tenta de regarder à sa gauche la mer agitée de moutons turbulents. Mais la mer, sans doute à cause de ses reflets grisâtres, la ramena à ses pensées déprimantes. La masse de liquide paraissait chargée de menaces :

---

[1] Ne sois pas de mauvais augure !

« Il te fera du mal, il te fera du mal … »

D'abord, oublier ces mots qui sonnaient comme un anathème.

Ensuite, oublier la petite voix qui la harcelait: « Les avertissements de ta mère doivent être pris au sérieux ! »

Enfin, oublier que l'altercation avait mal tourné :

- Ne reviens plus me voir si tu persistes à vivre avec lui, je n'ai pas envie de te voir traîner comme un chien malade !

- Qu'est-ce que tu racontes, maman ? Nous vivons quelques moments difficiles, c'est tout. Cela peut arriver à n'importe qui ! Mais nous allons nous marier et tout rentrera dans l'ordre…

- Surtout, ne te marie pas ! Fais pas la bêtise!

- Je fais ce que je veux ! Je n'ai pas besoin de ton avis ! Je suis assez grande pour m'occuper seule de mes affaires !

Et elle était partie en claquant la porte.

Lorsque sa sœur, dix ans plus tôt, avait fait part à ses parents de son désir de se marier, la même scène s'était produite et sa mère avait reçu en plein visage la phrase qui l'avait blessée et qu'elle n'avait jamais oubliée :

« Si tu penses qu'il ne fait pas l'affaire, cherche m'en un autre toi-même ! »

La mère et la fille ne s'étaient plus parlé pendant longtemps. Petite fille, Madeleine avait été choquée par l'immense irrespect et l'inqualifiable insolence de sa sœur. Lorsque, six ans plus tard, celle-ci avait divorcé, la jeune fille avait pensé :

« Maman sait voir les choses ! »

Cette idée, à la fois terrifiante et réconfortante l'avait troublée.

À droite, la montagne à l'abrupt agressif, à la silhouette froide et coupante, ressemblait à sa mère lorsque celle-ci se mettait à parler de la vie et des gens. Elle ne les ménageait pas. Tout à l'heure, impitoyablement, elle lui avait dit combien elle trouvait ses propos et son comportement dilatoires : « Ou rêve, ma fille ! »

La pluie se remit à tomber très fort. Sur la route du littoral, Madeleine fut distraite un moment par l'éternel dilemme :

« Si j'accélère et qu'un éboulis se produit, je ne pourrai m'arrêter à temps. Si au contraire je ralentis, j'augmente les risques de recevoir une pierre. »

Elle opta pour la deuxième solution car elle n'était pas pressée de rentrer.

Bien qu'elle sût qu'elle ne trouverait aucun moyen d'apaiser son inquiétude cet après-midi là, elle éprouva le besoin de se poser d'autres questions, de se remémorer les mots entendus pour les assembler encore et encore comme les pièces d'un puzzle qu'on pourrait déplacer afin de former une autre image. Mais en vain…

Quelques filets roux d'eau boueuse tombaient le long de la falaise couleur de sang. Des milliers de gouttes se bousculaient là-haut, sur la montagne, se pressaient, se pressaient, poussées par leur destin et débouchaient tout à coup sur le vide. Puis, elles s'écrasaient au pied de la falaise où le soleil venait vite les sécher. Et c'était leur fin dans un horrible fracas de pierres et d'eau, d'éclatements et de bris. Madeleine s’imagina un instant être l’une de ces gouttes parvenues devant le grand trou noir, inexorablement happées et projetées dans une chute vertigineuse imprévue.

Ce spectacle lui rappela le cauchemar qu'elle faisait depuis quelque temps : elle court à perdre haleine, dans un chemin de terre hérissé de pierres saillantes et noires, étroit, infini au milieu d'un désert austère et illimité ; le soleil est voilé et répand une clarté bleutée. Soudain, contre toute attente, le chemin s'arrête. Elle est au bord du monde ; à droite et à gauche, la terre est tranchée. À perte de vue, la cassure est nette, effroyablement lisse et verticale ; en bas, rien qui puisse ressembler à une lueur d'espoir, aucun indice de vie, le néant tout simplement. Entraînée dans sa course, elle n'a pu ralentir à temps, si bien que son pied gauche est levé, prêt à enjamber cette frontière entre la vie et la mort. Et le souffle puissant qui la pousse est impitoyable. Elle se sent basculer, comme un oiseau sans vie tombant du ciel...

Chaque fois, elle se réveillait, haletante, les muscles agités de spasmes, les yeux exorbités. Une fois, elle avait hurlé, Axel l'avait rudement secouée : « Contrôle-toi, je travaille dur le jour, j'ai le droit de me reposer la nuit... Une fois réveillé, je ne peux plus me rendormir...»

Aussi, ne criait-elle plus maintenant ; à la fin de son cauchemar, quand la terreur s'emparait d'elle, elle se disait dans un immense effort : « Ce n'est qu'un cauchemar ! Je vais me réveiller ! »

Un paille-en-queue passa devant la voiture et disparut dans une cavité de la roche, derrière des bambous nains. Un autre le suivit.

Madeleine se demanda si sa mère ne déclenchait pas des phénomènes uniquement par le pouvoir de son désir. Elle fut prise de panique à cette idée. Deux grandes rides barraient son front et ses yeux brillaient d'un éclat sauvage :

« Je me défendrai, je lui interdirai de s'occuper de ma vie ! »

Elle décida d'afficher désormais un bonheur sans ombres pour confondre la vieille dame qu'elle jugeait tout simplement butée, intransigeante et autoritaire.

5

L'hiver austral avait traîné, ne s'éloignant qu'à regret de l'île. Quelquefois, en se réveillant, on sentait à la douceur de l'air qu'il avait disparu et on s'écriait : « Ça y est, c'est fini ! » Et puis, il réapparaissait deux jours plus tard, venant d'on ne sait où. Avec des airs de mauvais vagabond, il soufflait des alizés qui décoiffaient les arbres et écorchaient la face de l'océan. Mais, depuis huit jours, après un dernier assaut qui avait fait dire à certains : « Na pu d'saison ! L'hiver i finit pu !», il était définitivement parti. Les matins ne se couvraient plus de froide rosée, les maisons s'ouvraient toutes grandes dès les premières lueurs de l'aube, les touffes d'herbe ne frissonnaient plus à l'approche du crépuscule.

La mer apaisée ronflait d'aise sur la côte. Maintenant que l'été s'annonçait, elle se dépêchait de se réchauffer soit en se lovant au pied des falaises, soit en dérobant à la terre un peu de son ardeur. Son ventre lisse et bleu faisait miroiter l'espoir de tièdes caresses ; c'est pour cela que des groupes de baigneurs affluaient vers elle.

Sur la plage, à travers un air absolument pur, le soleil dardait ses rayons. Madeleine les sentait dans son dos où se dessinaient de grandes plaques rouges. Sa peau, restée couverte pendant plusieurs mois, avait perdu le souvenir de la morsure de l'astre du jour. Elle gardait ses pieds immobiles car ses orteils avaient trouvé un endroit frais et humide dans le sable. Elle ne put s'empêcher de sourire en observant que tous ceux qui arrivaient, comme elle tout à l'heure, exécutaient les mêmes gestes : ils s'allongeaient sur une serviette, étendaient bras et jambes et ne bougeaient plus. Ensuite, le soleil les brûlait ; impassibles, ils recevaient ses coups sans broncher. Quand ils avaient trop chaud au dos, ils exposaient leur ventre ; ils retournaient leur corps comme on retournerait des crêpes sur le gril incandescent de la plage. Ils prenaient soin de le replacer exactement dans son empreinte fraîche et ils somnolaient. Lorsque des rigoles de sueur leur chatouillaient le cou, ils s'asseyaient, protégeaient leur espace avec force vêtements, paniers à victuailles ou journaux. Puis, ils se dirigeaient vers l'eau.

La jeune fille barricada son mince territoire et alla se rafraîchir aussi. Le maillot noir qui la moulait était très échancré. En allongeant ses cuisses, il lui faisait une belle silhouette. Le liseré doré soulignait le cuivre pâle de son teint, au cou, dans le dos et aux hanches.

- Profite de ton congé pour faire du rangement, je ne trouve plus rien dans le garage ! lui avait conseillé Axel.

- Justement, j'y avais pensé. Ce matin, je vais me faire couper les cheveux, j'ai envie de changer de tête. Ensuite, j'irai acheter des paniers au bazar.

Elle avait omis volontairement de lui avouer son autre projet : aller à la plage. Deux heures durant, étendue sur le dos à regarder les nuages défiler sous le bleu du ciel... Axel y aurait trouvé à redire.

Petite fille, elle allait souvent en partie[1] à la mer. Le dimanche, vers huit heures, une camionnette attendait devant le vieux portail. Le zembrocale[2] avait été cuit la veille, les gâteaux fleuraient bon les œufs frais, la vanille du jardin ou le manioc râpé, les assiettes et les timbales étaient empilées dans des paniers à côté d'ananas et de pastèques énormes. Sur le lieu du pique-nique, son père troquait son pantalon et sa chemise blanche du dimanche contre des vêtements usagés, il rangeait ses souliers et ses chaussettes dans la tente[3] ; il empoignait sa gaulette[4] de bambou et, debout sur une avancée rocheuse, tentait de prendre un cari de

---

[1] en pique-nique
[2] spécialité culinaire à base de riz et de légumes secs
[3] sac en feuilles de vacoa tressées
[4] canne à pêche

macabis[1]. Pendant ce temps, les enfants arrangeaient un foyer entre les racines d'un vieux filao, ou ramassaient des brindilles. Sa mère, assise sur un tabouret, épluchait des oignons, coupait des tomates, puis, préparait la sauce au combava. Bientôt, une bonne fumée s'élevait, le couvercle de la marmite chantonnait.

Pas question pour les enfants de se jeter dans les vagues. Tout au plus, étaient-ils invités à tremper les pieds dans l'eau du bord de mer parce que « ça lé bon pou le zo marmailles, i fortifie a zot.[2] »

« Allez baigner, disaient ses parents. Mais, allez pas loin solment ! Tention zot i noye, talèr ! »

Cela signifiait : « Mouillez vos pieds ! »

Quand elle échappait à la surveillance des grands, Madeleine avançait jusqu'à ce que l'eau vienne lui lécher les genoux. Un jour, elle l'avait eue jusqu'au nombril. C'était une sensation étrange qu'elle avait éprouvée, un mélange de caresses et de chatouilles ; des milliers de fines bulles blanches s'accrochaient à sa peau. C'était tout simplement très bon et elle avait fermé les yeux quelques instants. Le sable brun semblait tellement doux qu'elle se pencha pour le toucher. Son nez, sa bouche, ses yeux fascinés étaient au raz de l'eau. Cela remuait un peu au fond comme une grande peau vivante. Longtemps, elle était restée ébahie devant tant de

---

[1] petits poissons
[2] L'eau de mer fortifie les os des enfants.

beauté, mourant d'envie de se laisser couler tel un gros galet et d'aller se poser doucement sur le fond, rien qu'une minute pour voir ce que ressentaient les poissons et toutes les bêtes de l'eau. À condition de tenir sa jupe relevée, armée d'un bâton, elle avait le droit de repousser les oursins crayons dont les piquants rougeâtres soudain dérangés, remuaient à la recherche de leur agresseur. De grosses bulles irisées remontaient en file indienne pour venir crever à la surface.

Ce qu'elle aimait par-dessus tout, c'était s'asseoir à quatre pattes sur la grève, juste à l'endroit où venaient finir les vaguelettes. Elle enfouissait ses doigts sous le gravier, sentait des tentacules de pierre les suçoter. En refluant, la mer laissait sur ses mains une écume pétillante. La pêche aux moules ou aux bonnets de prêtre pratiquée par son père et ses frères lui était interdite car il aurait fallu qu'elle se mouille entièrement. En revanche, elle pouvait chercher des petits bœufs, ces coquillages bleutés que la mer rejetait en grand nombre ou bien attendre les crabes à la sortie de leurs trous pour les piéger dans une bouteille.

Après le déjeuner, toute la famille faisait la sieste sur des saisies[1] à l'ombre d'arbres dont les trouées dans la ramure permettaient de voir le ciel. Sa mère racontait une histoire, ou chantait un air à la mode. Son père somnolait, bienheureux. Les

---

[1] nattes

éclats de rire couvraient la voix des vagues… Cette époque semblait vraiment lointaine. Aujourd'hui, son père était mort, ses frères et sœurs partis…

L'eau dégoulinait sur son corps. Sur ses jambes, des traînées de cristaux scintillaient. Elle frotta ses cuisses pour y étaler les gouttes. Midi moins le quart. Elle se laissa retomber sur la serviette. Petite fille, jamais elle n'aurait pu exposer sa peau au soleil de midi.

« Ou va gagne saignment d'nez, allez assise sous l'ombrage pied d'bois ! » ou alors « Ou lé pas assez noire comme ça là ? Armette out capline vitment ! » Elle obéissait en maugréant. Sa mère ne comprenait-elle donc pas combien il était ridicule de se promener avec un chapeau à douze ans ? Les garçons à l'école ne manquaient pas d'en rire. Il fallait toujours attendre les fins d'après-midi pour aller s'amuser en plein air, quand le soleil déclinait, que ses rayons obliques glissaient sur la tête sans avoir eu le temps de cuire la cervelle.

Aujourd'hui, en repensant à tout cela, elle se sentait confusément troublée. Elle avait beau se répéter qu'elle n'était plus une petite fille mais rien n'y faisait. Elle observa, au-dessus de la ligne d'horizon, un pan d'azur qui perdait son éclat sous des traces de nuages mal effacées. Son plaisir aussi s'altérait tout doucement…

Quelqu'un allait survenir et crier : « Madeleine, que fais-tu là ?… Madeleine rentre à la maison ! Il fait trop chaud, tu vas griller ! » Il lui semblait entendre les vagues qui répétaient en écho: « Que fais-tu là ? Rentre ! Rentre !… »

Madeleine plaqua son visage sur la serviette ; les grains de sable crissèrent. Pendant un court instant, elle fut assourdie par le chahut qu'ils faisaient en s'entrechoquant contre son oreille.

Le grand corps nu de la plage consumé par le brasier du ciel continuait à accueillir les arrivants, sa peau se froissant juste un peu sous leurs pas. Maintenant qu'il était midi, celle-ci ondulait par endroits comme une plaque de métal chauffée à blanc, agressive. Un enfant hurla : tandis qu'il courait, le sable tentait d'emprisonner ses petits pieds dans sa fournaise. Tout le monde frissonna. Le cri de douleur s'éteignit dans la mer. Les autres mères s'assurèrent à ce moment-là que leurs petits se trouvaient bien en sécurité sur le sol mouillé. Et le calme revint, seulement interrompu par quelques cris, quelques battements dans l'eau…

Parce qu'elle avait trop longtemps regardé le miroir liquide de la mer, une lueur blanche s'installa dans les yeux de Madeleine. Elle attendit que celle-ci se dissipe pour repenser tranquillement à ce qui lui était arrivé. Au salon de coiffure, le matin même… Jean ne lui avait posé aucune question. C'est elle qui lui avait confié par hasard - mais avait-elle vraiment agi par hasard ? - en quittant le salon : « Maintenant, je vais à la plage », et, lorsqu'il avait répliqué qu'il viendrait la retrouver vers midi, elle avait à la fois espéré et craint qu'il dise vrai. À maintes reprises, leurs regards s'étaient croisés. Au début, surpris de se rencontrer, puis de plus en plus pénétrants. Tout en lui coupant les cheveux, Jean l'avait caressée des yeux, avait bu ses paroles, les recueillant à ses lèvres intensément comme personne n'avait jamais su le faire jusqu'alors. Elle en avait été bouleversée. En peu de temps, il avait su lui faire comprendre à quel point il désirait se fondre en elle…

Brusquement, un nuage vint se suspendre entre le soleil et elle, la recouvrant de ses ailes grises. Quand une deuxième ombre se superposa à celle du nuage, il fit brusquement plus frais, un frisson la parcourut…

C'était lui, c'était Jean… Maintenant, il était là, très grand, tout près d'elle, la regardant et attendant. Elle ne savait que faire, que dire. Alors, sans doute à cause de la position debout du jeune homme, elle repensa à ce dessin humoristique qu'elle venait de voir dans un magazine quelques minutes auparavant : un homme blanc est debout sur la plage, son ombre est noire, lippue, il a deux gros ronds blancs à la place des orbites : caricature de l'homme blanc en Afrique du Sud. Elle chassa vite cette incongruité et en voulut à sa mémoire de la lui avoir rappelée en pareille circonstance. Cependant, sa mémoire semblait la narguer car, telles des gouttes perlant du plafond d'une grotte, d'autres images surgirent en elle, toutes plus mal venues les unes que les autres : un grand champ ondulant sous la brise, l'étagère blanche de sa chambre de petite fille avec ses trois poupées en celluloïd au sourire éternel, son père coupant du bois, et les « han » qui s'échappent de sa poitrine à chaque coup de hache. Que lui voulaient toutes ces images qui déferlaient, l'empêchant de réagir? Son cœur battant à tout rompre était incapable de les arrêter.

Soudain, des vagues claquèrent puissamment sur la barrière de corail. Elles s'élevaient puis, avec une force inouïe, fracassaient leur majestueuse beauté sur le récif. Alors, tous les flashes inutiles qui encombraient son esprit depuis quelques secondes s'en retournèrent au grand galop comme les éclats liquides qui fuyaient là-bas vers le grand large. Elle sourit à Jean.

Depuis qu'elle avait perçu cette étincelle dans ses yeux, tout était allé beaucoup trop vite. Le regard qu'il avait posé sur elle ne l'avait plus lâchée: regard empreint d'une tendresse infinie… Regard qu'elle cherchait depuis longtemps… Elle le porterait désormais en elle. Un merveilleux poison avait pénétré sous sa peau lorsqu'il avait pressé ses doigts au moment de la quitter ; tout son être en avait été imprégné… Elle n'avait rien fait pour l'arrêter, au contraire… Pendant une heure, étendue sur cette plage, en dépit de quelques actions destinées à chasser le souvenir de ce regard, elle avait passé son temps à tenter de retrouver l'onde de douceur qui l'avait envahie pour s'y baigner encore et encore… Maintenant, il était là.

Jean dessinait de grands cercles indécis avec ses pieds dans le sable. Puis il se laissa tomber à côté d'elle. L'ardeur qui se dégageait du sol lui procura un sujet de conversation :

- Il fait très chaud ! Ne voudrais-tu pas aller boire quelque chose ?

- Oui, volontiers, articula-t-elle.

Alors qu'elle rangeait ses affaires, le souvenir d'Axel se fit plus précis. Elle s'efforça de le repousser mais le sentiment de culpabilité qui sourdait en elle était le plus fort. Jamais encore, elle ne s'était conduite ainsi. Axel était une force dans sa vie ; quand il ne la poussait pas, c'était elle qui le suivait. Le ciel prenait toujours la couleur qu'il désirait ; le vent, la direction qu'il souhaitait. Que se passait-il donc ? En dépit de la jalousie du jeune homme, elle s'apprêtait à suivre un autre homme qu'elle venait à peine de rencontrer…

En bordure de mer, la terrasse du café accueillait ceux que les bains de soleil prolongés avaient altérés et qui gémissaient un peu à l'ombre des parasols et des feuillages. Ce matin, ils étaient arrivés avec un grand désir de feu sur la peau. Pieds nus, têtes nues, ils s'étaient rués vers la côte délaissant la vaisselle, le ménage, le jardin. Les paniers avaient été remplis à la va-vite et les enfants bousculés :

- Dépêchez-vous ! Il n'y aura plus de soleil si on arrive trop tard ! On ne pourra plus se faire bronzer ! Regardez comme on est pâle !...

Il n'y avait plus eu qu'une seule chose qui avait compté pour eux depuis la veille : « Demain matin, s'il fait beau : plage ! »

Maintenant, ils n'arrêtaient pas de boire, pointant vers l'azur un index accusateur. Ils reprochaient à l'astre sa trop grande ardeur, la virulence de ses traits, son manque d'égards pour la peau fragile des tout-petits. Ils souhaitaient même qu'il disparaisse :

« Attends, disait un père à un garçon qui pleurnichait, quand il fera moins chaud, nous irons terminer ton château ! »

Certains s'en prenaient au bleu du ciel. D'autres se souvenaient soudain que cette beauté resplendissante dissimulait des radiations meurtrières et s'empressaient de se tartiner de crème solaire. Seul un petit groupe de jeunes paraissait satisfait du temps. Assis dans la fraîcheur humide du sable, au pied des arbres, ils souriaient béatement en fumant.

Ne sachant par quel mot ou par quel geste s'aborder, comme s'ils craignaient de se tromper, Madeleine et Jean oublièrent volontairement leur propre présence pendant quelques instants. Ils s'occupèrent à observer les autres. Puis la terrasse se vida de ses bruyants occupants. Bientôt, quelques fumées échappées de cendriers abandonnés sur les tables et quelques bribes de voix traînant encore sous les arbres furent les seuls témoins de leur passage. La mer poursuivait son lent va-et-vient, usant son ventre immense sur les galets…

Ils se levèrent sans un mot. Jean, prenant le bras de Madeleine, l'attira et la tint serrée contre lui. Elle pensa à ce moment-là qu'elle pouvait encore lui dire non. Mais elle se haussa sur la pointe des pieds et l'embrassa. Du bout des lèvres, Jean lui caressa le visage, juste au-dessus des yeux. Il la trouva tendue. Elle avait un regard de bête apeurée qui le troubla. En voyant l'ombre de deux rides se former entre ses yeux, il comprit qu'elle n'était pas libre. Il eut envie de reculer et de la laisser tranquille. Mais le frémissement qui courait le long du dos de la jeune fille et qui faisait trembler sa bouche le gagna. Ses jambes s'enfonçaient dans un grand trou brûlant…

Trois jours plus tôt, lorsqu'elle avait ouvert la porte à huit heures, Aurélie s'était arrêtée net sur le seuil, abasourdie par les effluves qui s'enfuyaient à tire-d'aile de l'appartement. Hébétée, elle n'avait pas eu le temps de réagir. Elle était comme ces personnes qui, en rentrant chez elles, sont étonnées de voir sortir des étrangers pressés qui n'ont pas le temps de s'excuser. Malgré tout, le premier moment de surprise passé, elle avait réussi à capturer quelques-uns de ces fugitifs et elle les avait identifiés : un parfum de femme mêlé à une haleine de boîte de nuit enfumée, un soupçon de sueur, une touche d'alcool, toute une exhalaison de fête, de rires, de corps qui se frôlent, de chaleur, de plaisirs…

Elle avait revu sa nuit à elle à l'hôtel : des touristes allemands arrivés tard dans la nuit, un couple non satisfait de sa chambre donnant sur la rue et qu'il avait fallu recaser après maintes discussions…

Elle s'était assise, subitement en sueur. Elle s'était mordu les doigts jusqu'au sang. Une agitation fébrile avait gagné ses membres tandis qu'une grande envie de pleurer avait pincé sa poitrine. Mais très vite elle s'était contrôlée, refusant de céder à ce qu'elle considérait comme de la faiblesse. Alors, lentement, une métamorphose s'était opérée en elle : une vague de calme froid avait remplacé les tremblements nerveux ; puis la vague avait poussé ses eaux pétrifiantes avec détermination jusque vers sa poitrine et avait figé dans ses veines toute velléité de souffrance et d'émotion. Une seule larme, brûlante de rage, avait eu le temps de s'échapper et avait hésité entre sa joue et son nez. D'un revers de main, elle l'avait écrasée, puis s'était levée. Elle s'était regardée dans la glace de la salle de bains, satisfaite de son nouveau reflet, avant de se diriger vers les vêtements épars sur le sol. Mal dissimulées dans les plis de la chemise et du pantalon de Jean, les mêmes odeurs se trouvaient là. La pièce fermée les avait emprisonnées et maintenant les lui livrait comme pièces à conviction.

Aurélie avait souri. Sourire amer.

Bientôt on n'avait plus entendu que le ronronnement tranquille de la machine à laver tandis qu'un soleil agressif, s'engouffrant par la fenêtre, avait brûlé les dernières senteurs ennemies.

Dès le lendemain, elle se mit à suivre Jean. Elle arrivait un peu avant midi, se garait à vingt mètres du salon de coiffure, fébrile, prête à repartir. Dès qu'elle apercevait la voiture de son mari, elle démarrait et le prenait en filature. Le premier jour, celle-ci avait été infructueuse. Mais aujourd'hui, à travers les rameaux de filaos, elle les distinguait là-bas. Il lui avait déjà parlé de ce bar dans lequel il s'arrêtait quelquefois afin de prendre un café ou un sandwich. Elle ne s'était pas trompée…

Debout, la femme et lui ne faisaient plus qu'un…

Un garçonnet passant près d'eux, se retourna, curieux. Ses mains étaient occupées à étirer des élastiques multicolores qu'il portait au poignet en guise de bracelets. Non loin d'Aurélie, il buta contre une racine, fit « Aïe », se laissa tomber en tenant son orteil meurtri. Aurélie craignit que ce cri n'attire leurs regards vers l'endroit où elle se trouvait.

Mais ils ne virent rien, n'entendirent rien. Ils étaient immobiles sous les arbres : statue façonnée par un sculpteur invisible. La lumière tamisée leur donnait un semblant de mouvement, mais estompait les traits du visage de la jeune femme. Aurélie regretta de ne pouvoir le voir plus distinctement.

Le jeune garçon s'assit sur la racine qui l'avait fait trébucher. Amenant son pied jusqu'à sa bouche, il suça doucement son orteil. Ensuite, il souffla sur sa blessure. En grimaçant, il entreprit d'ôter un à un tous les petits grains de sable et de pollen qui y avaient adhéré.

Madeleine et Jean, eux, étaient toujours muets, debout au bord de je ne sais quel rêve. Aurélie avait besoin de comprendre ce qui les avait poussés l'un vers l'autre. En elle remuait le désir impatient et impudique de surprendre leur fougue. Leur attitude figée la décevait. La fureur qui la submergeait réclamait un immense et complet dépit. Elle sortit de la voiture et, accostée à la portière avant, continua à les épier. Quand ils s'étaient étreints tout à l'heure, quelque chose avait vibré en elle et elle attendait la suite... Mais voilà qu'ils se rasseyaient tranquillement l'un en face de l'autre, la laissant désappointée, insatisfaite. Elle imagina la douceur qui s'était glissée entre eux, le feu de leurs mains se touchant sur la table...

Quand elle eut puisé assez de force dans le spectacle de leur bonheur, elle leur tourna le dos. Ses mains tremblantes laissèrent des empreintes humides sur la carrosserie. La voiture démarra et s'éloigna discrètement, laissant dans le sable noir deux sillons profonds qui n'allaient pas être effacés de sitôt car la brise avait déserté la plage.

Le garçon s'éloigna en boitillant. Ce couple l'intriguait. Peut-être avait-il lui aussi espéré autre chose et était-il déçu. Une étreinte, un baiser sur la bouche, un autre sur les yeux, c'était somme toute assez banal et la télévision offrait beaucoup plus que cela !... Il émit un sifflement strident à l'adresse d'un autre garçon qui passait, puis disparut.

Le ruban gris de la route surchauffée courait sous les roues de la petite auto. Machinalement, Aurélie regardait dans le rétroviseur la silhouette de quelques rares passants diminuer, puis disparaître à la faveur d'une bosse ou d'un virage. Ces diversions lui permettaient d'oublier quelque peu son infortune, de la découper en blocs séparés par des moments pendant lesquels sa tête en feu se reposait.

Un camion rempli de militaires la dépassa. Elle ralentit pour le laisser prendre de l'avance parce que les hommes riaient en disant des fadaises. Elle leur opposait une face dure et froide, ce qui avait pour effet de les rendre encore plus hilares.

Sur le palier, madame Rivière, sa voisine qui lui avait promis des plants d'orchidées, se précipita avec chaleur vers elle. Aurélie, sans la regarder, répondit sèchement à son salut. La brave dame recula lentement, sa grosse figure pâle plongée dans l'hébétude… Elle oublia ce qu'elle avait à dire et disparut par le trou noir de la porte qui l'avala. Aurélie tourna la clé dans la serrure, attendit un peu et comme si elle devait surprendre quelqu'un, poussa vivement la porte, resta dans l'embrasure, la tête haute, les mâchoires contractées, les pieds vissés au sol.

Pendant une fraction de seconde, elle crut sentir un poids très lourd dans sa poitrine, mais la rage qui bouillonnait en elle finit par occulter toute souffrance. Seule l'humiliation qu'elle avait subie comptait.

Cette humiliation se dressait, arrogante et immense, prête à l'écraser. Aurélie pensa qu'elle devait la terrasser la première, et vite ! …

6

Jean les vit en arrivant à huit heures. Les trois femmes se tenaient debout contre le mur, sous l'enseigne.

Probablement descendues des hauts de Saint-Paul par le premier car du matin, elles devaient être là depuis longtemps ; néanmoins, elles ne montrèrent aucun signe d'impatience, s'avancèrent même de quelques pas pour lui parler. Il leur demanda d'attendre, ouvrit les grands volets.

Elles étaient toutes les trois endimanchées : deux femmes âgées qu'une jeune fille d'environ vingt-cinq ans appelait : « Ma Mère et Ma Tante ».

La mère, un instant intimidée par le décor coloré et parfumé du salon, retrouva bien vite son aplomb. Après avoir esquivé le « Bonjour Madame, qu'est-ce que vous désirez que l'on vous fasse ? » de l'employée, elle se dirigea vers Jean :

- Souplé Monsieur, combien ou prend pou fait in chiyon bouclettes ? C'est pou ma tite fille i sa marié a soir, s'plaît à Dieu !

En brandissant un frêle sachet qui crissait entre ses grosses mains, elle ajouta :

- Hein, essaye fait a elle in gaillard coiffe ; ou conné : y marie in seul fois, la pas deux. Et pi, son couronne, pose ça bien, tention, i chape !

On devinait, à travers le papier de soie, la mince couronne blanche ornée de petites fleurs brodées se détachant sur la dentelle. Puis, elle alla poser le sachet sur les genoux de la jeune fille et commença à fouiller dans son sac à la recherche d'un portefeuille au cuir fripé et râpé comme la peau de ses mains.

- Vous me paierez après, Madame. Mais, vous allez devoir attendre un peu car deux personnes ont rendez-vous à huit heures.

Il leur désigna des sièges en face du grand miroir :

- Asseyez-vous là-bas en attendant !

La mère et la tante étaient deux matrones graves, prématurément vieillies par le dur labeur des hauts. Sous l'effet de la sueur, leurs visages généreusement poudrés le matin étaient maintenant sillonnés de rides blanches. Cela leur donnait un petit air comique qui atténuait leur rudesse.

La tante avait gardé son chapeau noir, sorte de seau rigide renversé sur sa tête. L'autre femme triturait machinalement une grande capeline dont la couleur des bords affaissés sous le poids du soleil et des ans hésitait entre le jaunâtre et le rougeâtre. Elles avaient amené avec elles, outre deux grands parasols noirs, une soubique[1] de laquelle dépassaient quelques tiges vertes et un bouquet de fleurs. Un parfum tenace de géranium que leurs pieds avaient sans doute glané le matin dans les sentiers et qui avait pénétré dans le salon en même temps qu'elles, les suivait, tel un chien fidèle.

Jean les observait avec plaisir. Ce trio venu d'un autre monde le détendait. Il leur souriait aimablement. Quand son regard croisait le leur, la face de la jeune fille se teintait de cramoisi puis, elle regardait ses pieds, rouges également. Chaque fois qu'elle baissait la tête, ses mains, habituellement occupées à tresser le vacoa ou à curer les marmites, repoussaient ses cheveux qui balayaient ses joues : des cheveux jaune roux qui n'avaient jamais connu le fil des ciseaux et qui lui pendaient jusqu'aux cuisses en mèches irrégulières, usées, interminables.

Son air inquiet et la grande mobilité de son cou la faisaient ressembler à ces cailles apeurées s'aventurant quelquefois sur les chemins, s'affolant au moindre bruit, toujours en alerte. En revanche, ses genoux demeuraient immobiles, serrés sous la jupe de taffetas rose bordée de guipure blanche. Les regards qu'elle lançait vers les outils étalés sur la table étaient tour à tour émerveillés, confiants, anxieux. Jean devinait ce qui la tracassait :

« Surtout Margrite, coupe pas out cheveux, fais faire in joli chiyon bouclettes. L'est pas conv-

---

[1] grand sac

nab, ban' femmes i rase zot tête comme le z'homme! »

Quand il était de bonne humeur comme ce matin et que de plus, le hasard lui envoyait des personnages aussi pittoresques que ces trois femmes, Jean aimait que le temps prenne son temps. Il était seul en ce moment. Aurélie était partie chez ses parents depuis deux jours. La veille, il n'était même pas sorti. La tiédeur de l'appartement l'avait emprisonné, engourdi. Le souvenir des instants passés avec Madeleine l'avait occupé une partie de la soirée, puis il avait fait ses comptes, écouté de la musique. Il s'était senti libre et heureux.

Sa vie de couple suivait depuis longtemps un cheminement lent et tranquille, sans surprises, comme une rivière mélancolique et grisâtre qui jamais ne déviera de son lit. Cette monotonie le décevait. Il n'entrevoyait aucune amélioration possible pour le moment car Aurélie était un bloc qu'il devait accepter dans son entier. Chaque fois qu'il avait essayé de lui soumettre ses idées, elle avait répondu :

« Mais je suis ainsi, tu dois le savoir ! »

Il sentait bien que ce bloc ne se laisserait jamais sculpter, qu'il avait hérité d'un monolithe aux formes immuables. Il comptait sur le temps. Le temps allait forcément éroder cette roche aujourd'hui insensible parce que très jeune ; au fil des jours, ses pics s'émousseraient, s'adouciraient; en certains endroits, ses formes se laisseraient épouser par ses mains à lui et alors, ils se comprendraient mieux ou parfaitement.

Il admettait qu'elle conserve de sa forme première qui lui avait tant plu, sa force de caractère, son énergie. Néanmoins, il lui reprochait son manque d'efforts pour venir jusqu'à lui. Elle semblait s'être installée dans le mariage comme on s'installe à bord d'un bateau pour une longue croisière. On n'a rien d'autre à faire que de se laisser porter. Elle se rendait à son travail, préparait les repas, rangeait la maison en femme d'intérieur irréprochable. S'il lui proposait de sortir, d'aller au cinéma ou chez des amis, elle arguait du manque de temps. Même les promenades ne l'enchantaient pas vraiment. Au début, il s'asseyait auprès d'elle, et pendant qu'elle lisait, il lui caressait les cheveux ou la peau des bras : gestes de l'amant qui prolonge les voluptés de la nuit ou gestes de tendresse tout simplement. Mais bientôt, il fut seul à rechercher cette complicité.

« Laisse-moi ! Je lis ! Je n'arrive pas à me concentrer. »

Elle lui demandait en quelque sorte de ne plus la regarder comme un homme regarde la femme qui partage son existence et son lit. Leurs moments d'intimité se raréfiaient. D'ailleurs, elle passait de plus en plus de temps chez ses parents.

Bref, leur vie sans fantaisie se figeait doucement : elle, lui, le travail et les autres femmes, ces passantes rapides et anonymes aux bras chargés d'amour. Ils étaient mariés depuis quelques mois. Allait-il déjà reconnaître que ce mariage était un échec ? Allait-il admettre la fin de ses rêves et de ses illusions ? Non, il voulait espérer encore…

La tante qui jusqu'à maintenant n'avait pas bougé, le sortit de sa rêverie quand elle se leva à demi :

- Escuse a moin pou l'dérangement Monsieur, mais mi voudré moin aussi, pisque moin nana a ou sous la main, fait taille in tit'miette mon cheveu.

Elle ajouta qu'elle ne voulait pas abuser, mais que si on avait le temps, elle aimerait également se les faire arranger en chignon. En disant cela, elle tourna la tête, souleva les bords du seau et indiqua l'emplacement dudit chignon ; juste au-dessus de la nuque, Jean put voir un petit tas noir, serré à craquer, rond comme un gâteau de lune avec un trou au milieu.

- Bien sûr, Madame !

Elle se rassit. Le contentement se lisait sur ses traits. Amusé, Jean songea aux femmes sophistiquées souriant dans les cadres accrochés aux murs. Le photographe les avait bien choisies. Elles travaillaient en silence pour lui, l'air de dire: « C'est si simple d'être belles, c'est à la portée de n'importe qui, regardez nous ! … » Et elles se balançaient avec ostentation au milieu des odeurs de laque, leurs visages lumineux caressés par les souffles parfumés des séchoirs.

La vieille dame était certainement veuve. Jean se délectait par avance des confidences qu'elle allait lui faire tout à l'heure pendant qu'il la coiffe-rait.

Elle décroisa ses jambes ; ses articulations crièrent sous la longue jupe de drap noir.

L'employée qui tentait de lui expliquer qu'un shampooing était nécessaire avant une coupe, lançait vers Jean de muets appels au secours.

- Ah non ! mamselle, protestait la tante en jetant vers les cuisses découvertes et bronzées de l'employée des regards désapprobateurs, non, courant d'air va donne a moin la gripe ! mi di a ou : mon cheveu lé prop !

Elle avait la voix haute et sûre de celles qui savent ce qu'elles disent et qui n'ont pas du tout l'intention de s'en laisser conter.

Jean intervint :

- Oui, Madame, vous nana raison, nous va faire comme vi veu !

L'employée comprit. La tante satisfaite arbora un sourire victorieux. Jean songea à sa grand-mère dont les cheveux blancs avaient un peu jauni faute de lavages peut-être. Il regarda les femmes. Dans le grand miroir, leurs images encadraient celle de la cliente qu'il était en train de coiffer. Le contraste était saisissant, presque insolent.

La mère sortit d'une immense serviette à carreaux rouges et verts une part de gâteau qu'il prit pour du pâté créole à la manière dont la pâte s'effritait. Il ne put s'empêcher de saliver. Les femmes mastiquaient tout en recueillant dans leurs paumes ouvertes les miettes safranées. Puis la plus jeune, accroupie, ramassa les petits morceaux tombés sur le sol, les entassa dans le creux de sa main, et alla les jeter à l'extérieur derrière une touffe de fougères.

Au moment où la jeune fille allait refermer la porte, Madeleine entra, accompagnée d'une vieille dame.

- Maman ! dit-elle en présentant sa mère. Je l'ai amenée, elle désirait se faire coiffer, nous n'avons pas pu téléphoner avant ... Nous pouvons attendre ?

- Oui, asseyez-vous ! balbutia-t-il...

Bouche bée, il suivit du regard Madeleine et sa mère qui s'installèrent dans un angle, face aux trois femmes-divertissements arrivées le matin. Celles-ci, collées contre le mur comme des images, ne bougèrent plus. Les ciseaux entre ses doigts continuèrent machinalement de s'agiter en l'air, émettant un cliquetis métallique et impatient.

La lumière du salon s'était insensiblement déplacée vers Madeleine. Des projecteurs invisibles rehaussaient le galbe de son corps et le hâle de sa peau. Jean, aveuglé, dut fournir de gros efforts pour se concentrer sur la chevelure qui était entre ses doigts. Une mèche qu'il tentait de discipliner s'échappa à trois reprises de ses mains.

La cliente, légèrement agacée par cette maladresse inhabituelle, l'observait. Il surprit son expression : « Je suis un peu fatigué, ce matin, s'excusa-t-il, je n'ai pas dormi suffisamment. » Ce mensonge la rassura. Elle lui sourit pour lui montrer qu'elle le comprenait.

Prétextant à nouveau un rendez-vous, il fit passer la mère de Madeleine avant les trois femmes des Hauts. D'abord, sa présence le mettait mal à l'aise, le déconcertait. Il craignait qu'elle ait surpris la flamme qui avait jailli de ses yeux et illuminé le visage de Madeleine tout à l'heure. Ensuite, il désirait plaire à la jeune fille.

Maintenant, il s'efforçait de s'appliquer : le souffle calme, la main agile, l'œil absorbé uniquement par les courtes boucles brunes et humides que les ciseaux égalisaient. Cependant, il sentit le regard austère de la femme qui le dévisageait et en voulut un instant à Madeleine. Pourquoi l'avoir amenée chez lui ? Une sensation désagréable de rapetisser tout d'un coup l'envahissait.

Debout derrière elle, les mains posées sur le dossier du fauteuil, il appréciait l'ensemble de son travail… Mais quand il se pencha pour s'attaquer à quelques brins qui dépassaient sur les tempes, elle fit pivoter son siège de manière à dégager sa tête et le regarda droit dans les yeux :

- Il faudra que vous veniez me voir, le plus tôt sera le mieux. Madeleine vous conduira chez moi.

Ces mots calmement prononcés jetèrent Jean dans un abîme de perplexité. Il n'était pas de ceux qui ont besoin d'inconnues et de mystères pour apprécier la vie ; il n'affectionnait pas particulièrement les énigmes, et celle-ci était de taille !

Les mâchoires brillantes des ciseaux se refermèrent lentement sous la pression hésitante du pouce et de l'index... Sa main droite resta immobile, comme inutile devant la tête fuyante.

- Mais... Pourquoi ? ... réussit-il à articuler.

- Le plus vite possible, il ne vous reste pas beaucoup de temps. Après, il sera trop tard ! répondit-elle en éludant sa question.

Le miroir, depuis le début de cette étrange conversation, lui renvoyait l'image d'une femme d'une soixantaine d'années au visage dur. Elle possédait la force tranquille de ceux que la vie n'a pas épargnés. En ce sens, elle ressemblait aux deux vieilles assises dans le salon. Mais ce qu'elle avait de plus, c'était cette lueur intense au fond des yeux, une lueur pénétrante qui imprimait sa marque dans la mémoire. Cette femme, quand on l'avait rencontrée, on ne pouvait plus l'oublier...

C'est ce que Jean se disait pendant qu'il regardait cette sexagénaire qu'il ne connaissait ni d'Eve ni d'Adam et qui le bousculait avec force.

Il aurait pu avoir affaire à une démente. Il n'entrevit même pas cette possibilité sur le coup tant il était troublé.

Il ne lui avait rien demandé, elle avait parlé. En quelques mots, elle avait semé la panique dans sa tête. Ces mots terribles, il n'avait pas désiré les entendre : les halètements de ferraille de dix séchoirs auraient été plus supportables que le tintamarre qu'ils provoquaient en s'entrechoquant sous son crâne…

Pourtant, l'aube avec son ciel bleu de septembre qui recouvrait le pays de l'horizon jusqu'aux montagnes avait semblé présager une calme journée ! Puis, étaient arrivées ces trois femmes et avec elles, l'haleine fraîche de la nature. Trois incarnations d'une vie simple et sans histoires.

Et voilà que soudain, l'air assombri manquait autour de lui. Les braves femmes se transformaient en pantins grotesques, ridiculement attifées, exaspérantes à cause de cette odeur tenace d'herbe et de géranium qui les accompagnait et qui l'indisposait…

Après le départ de Madeleine et de sa mère, le « chignon bouclettes » ne parvint pas à le débarrasser de son inquiétude. Habituellement, ce monument antique de la coiffure qui jouissait auprès des populations des Hauts d'une renommée inébranlable, que, ni les modes ni les catalogues n'étaient parvenus à détrôner, avait le pouvoir de le divertir. C'était lui qui soutenait la couronne blanche : signe indéniable de virginité. C'est dire combien il devait être parfaitement réussi et solide. Jean parla peu en l'exécutant, ce qui surprit la jeune fille. Ce coiffeur, elle l'avait trouvé plutôt guilleret jusque-là, et comme il avait l'air d'avoir perdu son assurance, elle s'enhardit, osa le regarder sans rougir et lui demanda s'il était marié.

- Oui, répondit-il avec un sourire forcé.

Depuis que la mère de Madeleine avait parlé, le salon était devenu plus étroit et cette exiguïté l'étouffait. Le plafond bas repoussait vers le sol les volutes de chaleur s'échappant des bacs à shampooing. Des morceaux de voix, fusant des quatre coins de la pièce, ricochaient sur les miroirs et l'agressaient. Il allait terminer la coiffure de ces trois innocentes, puis s'en aller. Il n'en pouvait plus. Il avait soif de tranquillité.

- Vous avez des enfants ?

Alors qu'il lui répondait par un vague signe de tête, elle oublia sa timidité :

- André, c'est mon futur, André en voudrait deux. Ma mère en a eu dix, mais mon fiancé pense que ce n'est plus à la mode.

Ce disant, elle poussa de petits couinements de souris accompagnés de mimiques charmeuses.

Jean pensa qu'elle aurait peut-être aimé qu'il la regarde avec des yeux d'homme séduit. Là-haut, perdue entre un ciel le plus souvent effacé par le brouillard et les ondulations des champs, elle n'avait sans doute pas l'occasion de rencontrer des hommes parfumés, chaussés, aux mains propres et douces.

- Votre fiancé a beaucoup de chance, lui dit-il, vous serez une belle mariée et une gentille épouse.

Elle tortilla le mouchoir qu'elle tenait depuis le matin, esquissa un large sourire, puis, comme un escargot soudain dérangé, se fit toute petite. Jean réalisa qu'il avait mis trop d'éclat dans son regard : cela l'avait effarouchée. Tant mieux, il n'était pas vraiment mécontent de l'avoir fait taire car il n'avait plus envie de faire le joli cœur.

Il lui restait l'après-midi tout entier. Il ne viendrait pas travailler et resterait chez lui à attendre l'heure du rendez-vous fixé avec Madeleine. Ils avaient convenu le matin de se retrouver à un endroit dans le port de Saint-Gilles.

« Essaie de te renseigner ! » avait-il glissé à la jeune fille au moment où elle s'en allait.

En attendant, il avait besoin d'être seul pour comprendre ce nouveau mystère, pour fouiller dans ses souvenirs et dans l'amas de tout ce qui avait composé sa vie, à la recherche d'un indice.

Septembre offrait des jours de plus en plus longs. Finies, les journées étriquées dont les heures se pressent avant le coucher du soleil. Finie, l'ombre fraîche des fins d'après-midi. Oubliés, les soirs venteux qui font ployer les maisons et les arbres. Partis, les crépuscules bougons qui hâtent les pas des derniers promeneurs.

Des gamins rieurs, à demi nus, galopaient le long des quais en jetant des pierres dans l'eau verte des bassins. Des relents de poissons repoussaient la brise marine pour prendre sa place. Les gros ventres des bateaux, ballottés doucement, miraient dans l'eau leur peau écaillée de vieux baroudeurs. La lumière oblique du couchant étirait leurs silhouettes, leur donnant un air tranquille. Jean faisait des ricochets pour oublier l'inquiétude qui le tenaillait depuis le matin.

Soudain, il perçut derrière lui un froissement de jupe. Il se précipita vers elle.

- Alors ? questionna-t-il aussitôt.

- Je n'en sais rien. Elle ne m'a rien dit, répondit-elle en s'écartant de lui.

Il rapprocha son visage de celui de la jeune fille. Sous l'empreinte de l'anxiété, ses traits parurent plus sombres.

- Mais, insista-t-il, est-ce à propos de nous? Est-ce qu'elle me connaît ?

Madeleine se taisait parce qu'elle ne savait rien.

Une barque délestée flottait en heurtant les parois de pierre du bassin. Sa coque rouillée grinçait. Madeleine et Jean l'observaient en silence. Elle aurait pu ressembler à ces vieux qui se plaignent sans cesse et qui vous envoient au diable si vous leur conseillez de se reposer.

Jean avait espéré des informations de Madeleine. Il était déçu.

La respiration rauque des bateaux désœuvrés empestait le gasoil et l'empêchait de réfléchir.

- Viens, lui dit-elle en l'entraînant vers la voiture stationnée à l'entrée du port. On va en savoir plus !

Il se souvint à ce moment qu'il avait oublié de l'embrasser à son arrivée.

7

Seul devant la télévision, Jean somnolait tranquillement ce soir-là. Tout à coup, des élancements au niveau du nombril le firent sursauter. Il était environ dix heures. Des ongles invisibles s'amusaient à s'enfoncer dans le tendre de son ventre, une fois à droite, une fois à gauche, puis en bas, encore à droite.

C'était comme si sous sa peau fusaient, sans crier gare, une multitude de petits pétards tout ronds, sorte de graines rouges que les enfants écrasent sous leurs pieds au temps de Noël. Un grésillement d'étincelles court sur le sol. On a juste le temps de l'apercevoir. Il disparaît aussitôt pour réapparaître ailleurs, cinq fois, dix fois… L'image des pétards avait surgi dans son esprit. Pourquoi celle-ci précisément ? Jean était lui aussi le jouet de sa mémoire. Ne pouvant se référer à aucune situation connue, elle se rabattait sur une image de son enfance. Image festive. Pour cette raison sans doute, il ne s'inquiéta pas vraiment.

Il se leva, se dirigea vers l'évier de la cuisine et but à même le robinet. En geignant, il extirpa d'une boîte, un sachet de gel pansement gastrique, le creva avec les dents et l'avala. Il s'aspergea d'eau, ouvrit la fenêtre. Une belle nuit s'étalait à ses pieds. Dieu ! Qu'il aimait les nuits comme celles-ci, bleutées et suaves, chantonnant sous les étoiles ! Une grosse lune pleine à éclater telle un lampion, illuminait le centre de la voûte céleste. De grandes traînées d'or flottaient autour d'elle, poussées par des souffles venus des endroits les plus reculés de l'espace. Une nuit à se damner pour la vie ! Une nuit à se sentir éternel, intemporel comme une œuvre d'art…

Il tira une chaise, s'assit en face de cette nuit. Longtemps, il la huma. Nuit bienfaisante… La douleur s'éloigna. Mais très vite, elle réapparut sous la forme d'une inquiétante fantasmagorie de blessures, d'écorchures, de brûlures caustiques qui remplaçait dans son ventre le crépitement des petits pétards. Puis, une douleur aiguë transperça son corps, du bas de son abdomen à sa gorge. Une arme le crevait avec la vitesse de l'éclair et la fureur de l'acier.

Jean eut peur de cet ennemi invisible qui l'assaillait de façons aussi diverses qu'imprévisibles. Il eut envie de téléphoner à sa mère afin que celle-ci lui conseille un remède. Mais, après réflexion, il y renonça. L'aurait-il réveillée pour lui dire: « J'ai mal au ventre » ou bien : « J'ai eu mal au ventre tout à l'heure » ? Ces phrases sont des phrases d'enfant, elles ne sont pas aptes à véhiculer des sentiments de peur ou d'angoisse d'adultes. Et puis, il allait sans doute l'inquiéter pour peu de choses.

Soudain, poussé par la tempête qui se livrait à l'intérieur de son estomac, il se leva précipitamment. Le lavabo reçut de plein fouet une giclée de bouillie jaunâtre. Jean vomissait, les deux mains appuyées sur le rebord de cette froide cuvette devenue en quelques instants le seul témoin de sa détresse, son unique soutien dans la maison vide. Les spasmes l'épuisaient. Blafard, il transpirait à grosses gouttes.

Vomir le remplissait toujours d'une immense angoisse. Quand il était petit et que cela lui arrivait, il fallait que quelqu'un lui tienne la main. Comme s'il allait mourir, il paniquait et réclamait une présence rassurante.

On était dimanche et Aurélie était partie avant son arrivée. Elle avait prévenu Jean quelques jours plus tôt : « Je serai en formation à Saint-Denis lundi et mardi prochains, je resterai chez mes parents au lieu de faire la route le matin et le soir. » Après le déjeuner, elle avait ajouté : « Je serai très occupée cet après-midi, va au foot, quand tu rentreras, je serai sans doute déjà partie. »

Tout à l'heure, en rentrant, il avait trouvé, tenu au chaud dans les marmites et les bols hermétiques, un dîner exquis. Aurélie excellait en cuisine : viandes parfumées et tendres, légumes sautés, sauces surprenantes à la saveur orientale. Jean admirait les qualités culinaires de sa femme. Très vite, après son mariage, il avait préféré ses plats, que les légumes multicolores faisaient ressembler à des étals de bazar, à ceux de Fernande invariablement composés de riz, carry safrané, grains, rougails.

Il avait donc humé toute cette bonne cuisine. Clac, clac ! Les petits couvercles de plastique avaient sauté ! Un bol orange présentait le riz blanc tout fumant ; un bol bleu plus grand et ovale offrait des morceaux de poulet doré au milieu de rondelles de carottes, d'oignons verts effilés, de germes de soja, de bouquets de chou-fleur ; une laitue craquante encore humide avait l'air de pousser dans son panier à côté de l'évier.

Après une bonne douche, comme il était éreinté et affamé, il s'était installé dans le salon. Quand Aurélie était absente, il s'octroyait ce droit: il mangeait devant la télévision après voir tout disposé sur la petite table en rotin…

Et maintenant, il vomissait. Trop petit, le trou béant du lavabo était submergé. Des grains de riz nageaient dans un magma informe, suivis d'une lente cohorte de rondelles bleu vert, orange, blanchâtres. Une glu sanguinolente semblait effectuer un slalom entre ces divers obstacles. Jean haletait. Des filets de bave coulaient des commissures de ses lèvres. Une amertume insupportable paralysait sa langue. Animal aveugle, sa gorge en feu se ruait vers l'avant, n'obéissant qu'aux spasmes qui la dirigeaient. Sans arrêt, elle poussait de la matière brûlante vers sa bouche ouverte.

L'air expiré par ses poumons ne pouvait plus s'échapper que par ses narines douloureusement dilatées. Comme il manquait d'oxygène, sa tête tournait. Il hoquetait pareil à un asphyxié.

Des picotements indescriptibles torturaient ses muqueuses. N'existait plus que la partie de son être comprise entre l'estomac et les lèvres : partie raclée, secouée par l'insoutenable et affreuse tornade. Le reste de son corps était en train de se dissoudre lentement dans les vapeurs acides des vomissures.

Au comble de l'angoisse, quand son corps lui laissait quelque répit, il arrivait encore à se répéter : « Il faut que je continue à respirer ! »

Un moment, il parvint à lutter contre la force invisible qui le maintenait plié en deux parce que le lavabo bouché ne parvenait plus à se vider. Il se traîna vers les W.C., s'agenouilla de manière à avoir la bouche au-dessus de la cuvette, agrippa le bord de celle-ci et s'abandonna aux tenaces exigences de son estomac. Ce dernier d'ailleurs, n'était plus qu'une loque vide. Cependant, telle une machine qu'on ne peut plus arrêter, il continuait à presser, à tordre, à rejeter.

Un peu plus tard, la possibilité de respirer à nouveau normalement l'amena à envisager la fin du cataclysme. Ainsi, son corps s'était arrêté à temps au bord de l'anéantissement. Et lorsqu'il perçut le relent âcre qui baignait la pièce, il pensa qu'il était bel et bien sauvé puisque son odorat était de nouveau capable de fonctionner. Puis ses narines lui signalèrent la présence d'autres odeurs : celle insidieuse et intime de la cuvette des toilettes, celle énergique et verte du sol récuré. Il respira profondément, et, sans prendre la peine de quitter la salle de bains, tenta de reprendre des forces. Il ressemblait à Robinson quand celui-ci, étendu sur la grève, léché par la mer qui avait voulu sa mort, remerciait le ciel d'avoir épargné sa vie.

Les W.C et le lavabo de porcelaine blanche prirent donc l'air sympathique et compatissant de ces gens qui ont aidé un blessé inconnu rencontré sur la route. Impersonnels ou tabous en temps ordinaire, ils feraient partie désormais de ses souvenirs. C'est ce qu'il se disait, alors que, assis à même le sol, il les observait complaisamment.

Lorsqu'il se sentit mieux, il plaqua ses mains contre son ventre comme pour s'assurer que celui-ci avait bien survécu à la tempête inouïe qui venait de le secouer. Il se lava le visage, débarrassa les sanitaires des dernières salissures, constata qu'il avait vraiment vomi du sang. « Un vaisseau aura éclaté dans ma gorge ! » se dit-il. Il savait que cela pouvait arriver et ne s'attarda pas à ce détail. Il se dirigea vers la fenêtre restée ouverte et offrit son visage à la fraîcheur de l'haleine nocturne.

La lueur de la lune s'était renforcée, ou alors était-ce la couleur de la délivrance qui la lui faisait paraître ainsi ? Un calme étrange dilatait le ventre de la nuit. Seules des chauves-souris évoluaient avec lenteur, insaisissables, pareilles à des spectres volants. Elles battaient leurs ailes sombres en poussant des couinements lugubres. Beaucoup d'étoiles s'étaient effacées. Il ne restait plus que les très grosses, sûres d'elles, posées aux quatre coins du ciel.

En dépit de ces quelques points de lumière, Jean trouva que cette nuit qui avançait vers l'aurore prenait à présent un air dont il fallait se méfier. Muette et immobile, elle cachait des étoiles dans ses plis ; elle ne respirait plus calmement, mais émettait plutôt une sorte d'haleine rauque, à peine perceptible, qui montait des pâtés d'immeubles et des haies d'hibiscus. De temps en temps, elle poussait un long soupir d'angoisse.

Le jeune homme se coucha… Il tenta de se rendormir mais ne trouva pas le sommeil.

Il se revit quinze jours plus tôt quand Madeleine l'avait conduit chez sa mère. Madame Pausé habitait à Saint-Paul, dans un quartier assez ancien, à cinq cents mètres de chez lui. Irrité par cette proximité de leurs résidences, il arriva chez la vieille dame dans de mauvaises dispositions.

- Qu'est-ce que cela signifie ? lui avait-il aussitôt demandé.

Il ne s'était pas attardé aux politesses d'usage et aux propos anodins sur la température qu'il fait, la sécheresse de la saison ou la longueur des jours… Il considérait qu'il gaspillait son temps, mais curieusement ne pouvait s'empêcher de le faire. Cette situation de dépendance dans laquelle il avait été plongé malgré lui l'énervait au plus haut point.

Comme si elle avait lu dans ses pensées, elle lui fit cette réponse :

- Je n'ai pas de temps à perdre. Vous non plus d'ailleurs !

Il est déjà peut-être trop tard ! Mais si vous le désirez, on fera ce qu'il faut…

- Mais de quoi parlez-vous ?

Il fit un effort au milieu de sa phrase pour tempérer quelque peu le ton impertinent qu'il avait adopté. Cette femme était plus âgée que sa mère. Même si elle était folle, il devait en tout cas, jusqu'à ce qu'il ait prouvé sa folie, s'adresser à elle avec des égards.

Il se tassa un peu dans le fauteuil comme s'il voulait par cette attitude lui montrer qu'il était disposé à l'écouter avec déférence. Il respira longuement pour refouler le malaise et l'impatience qu'il sentait monter en lui depuis qu'il avait franchi le seuil de cette maison. Cette femme avec son air sûr et la force qui se lisait dans ses yeux l'agaçait et l'intriguait à la fois. Oui, c'était cela. Jamais il n'avait rencontré de regard aussi puissant. Et maintenant qu'il était là, dans cette pièce, scruté par ce regard, il se rendait compte que l'hypothèse de la folie que son cerveau fébrile avait avancée, était peut-être erronée. Et si elle avait raison ? Mais que voulait-elle dire ?

Elle le laissa en compagnie de Madeleine dans le grand salon de la vieille case créole qui sentait la cire et l'encaustique. Le béton rouge, au sol, avait le brillant d'une patinoire. Il se souvint de la brosse coco qu'on utilisait chez Fernande pour faire reluire le parquet. Les orteils n'appréciaient guère les dérapages de cette brosse de fortune et les coups d'cogne[1] étaient garantis, mais il était difficile d'y échapper vu que la plante du pied était posée sur une surface bombée…

Des bruits diffus parvenant d'une pièce située à l'arrière le sortirent de sa rêverie. Il discerna le fracas d'un jet de robinet et un tintement de casseroles. Il prit le parti d'attendre en se taisant. Madeleine lui parla de son travail, du dernier film qu'elle avait vu à Saint-Denis… Bavardages insignifiants et fallacieux, destinés à le faire patienter et à dissimuler leur émoi à tous deux. Une odeur de vieux rôdait autour de lui. Il chercha d'où elle pouvait bien venir. C'était le fauteuil dans lequel il était assis qui émettait une respiration de vieillard.

---

[1] coups aux orteils

Un tissu rose, suranné, en recouvrait le siège et le dossier tandis que les bras et les pieds du meuble avaient l'aspect patiné des choses antiques qui ont beaucoup servi. Deux sièges identiques lui faisaient face. Madeleine en occupait un autre à sa gauche. L'ensemble du mobilier composé de ces fauteuils, d'un guéridon bas, d'une console à tiroirs, d'un grand coffre sculpté, le tout en bois de tamarin, donnait à la pièce un air chaleureux. Il nota aussi la présence d'un crucifix orné de rameaux de buis complètement desséchés, accroché au mur. Plusieurs images pieuses représentant la Vierge et des saints l'entouraient. Dans un grand cadre étaient exposées une dizaine de photographies jaunies de communiants, de mariés, de familles entières et des cartes de vœux ornées de visages inconnus. Cet intérieur ressemblait à ceux qu'il avait vus dans son enfance. Il se sentit mieux et se détendit un peu.

Au bout de vingt minutes, la femme revint.

Elle prit place en face de lui, posa ses mains sur ses genoux, le regarda dans les yeux et commença :

- Je ne sais pas ce que vous comptez faire, mais je dois vous dire ce que j'ai vu…

Ici, elle s'arrêta et sur un ton agacé, lui lança:

- … Et surtout, ne posez pas trop de questions! Cela ne m'amuse pas du tout de vous faire ces révélations, je préférerais ne pas avoir à les faire… Cependant, je n'ai pas le choix…

Elle fit une pause et déclara encore :

- … Tout cela va encore me fatiguer ! Mon mari est mort il y a tout juste deux ans. Après son départ, je suis restée huit mois malade. Je suis encore fragile…

Jean se taisait, interloqué et légèrement irrité par ces propos inattendus. Il eut envie de s'en aller en lui disant :

« Cela ne me regarde pas, quel rapport avec moi ? »

Mais elle reprit :

- … Tout cela pour vous prévenir que je n'aime pas me mêler de ce qui ne me regarde pas, mais quand je vois certaines choses, je suis obligée d'en parler... Vous êtes marié et vous n'êtes pas trop fidèle à votre femme…

Jean esquissa un sourire gêné et voulut répliquer que c'étaient des choses qui arrivaient dans un couple, mais il n'en eut pas le temps.

- … D'ailleurs, les torts sont partagés, il me semble ; elle a sa part de responsabilités.

Jean regarda Madeleine. La jeune fille consternée lui lança un regard surpris. Elle parut blessée par ce qu'elle venait d'entendre. Le sang afflua aux joues de Jean. Maintenant, une envie de se lever et de partir le titillait pour de bon ; il ne tenait plus en place. Il suait à grosses gouttes, tout un flot de protestations véhémentes remplissait sa bouche mais il ne parvint à articuler aucun son. Il se sentait ridiculement petit devant cette femme qui mettait à nu son intimité et fustigeait son orgueil.

- Oui ! finit-il par balbutier, oui…

Une pendule à la dorure ternie faisait entendre son tic-tac. Elle avait l'air de radoter dans ce décor vieillot. D'ailleurs, elle radotait vraiment car à six heures moins le quart, elle poussa six fois son cri grinçant. Un reste de jour s'enfuyait derrière la fenêtre. Les rideaux blancs ajourés devinrent gris par endroits. À l'approche de la nuit, quelques mouches se cachaient sous leurs franges afin d'attendre tranquillement le matin suivant. D'autres, voulant sortir, se heurtaient aux carreaux qu'elles avaient du mal à distinguer. Elles se débattaient désespérément en émettant des crissements agaçants. Il eut envie d'aller les délivrer. La tôle du toit soupirait d'aise. Les journées plus longues, en la forçant à s'exposer plus longtemps au soleil, l'épuisaient et à cette heure, le crépuscule commençait à la recouvrir d'une ombre bienfaisante…

L'air fraîchissait par à-coups et Madeleine se frottait la peau des bras pour écraser les frissons qui y couraient. Muette, elle se composait un visage impassible bien qu'une grande envie de pleurer la torturât. Tout comme les mouches prisonnières derrière un faux jour, la jeune fille voyait s'enfuir son impossible bonheur.

Jean n'avait pas entendu toutes les paroles de madame Pausé. Il avait passé son temps à se dire : « Mais qu'est-ce que je fais ici ? Mais suis-je devenu fou ? »

« Poison ! » Le mot le cingla tout à coup. Il abandonna la pendule, les mouches, le toit et il regretta sa distraction. Il eut envie de lui crier : « Répétez, répétez ! Bon sang ! Que disiez-vous depuis tout à l'heure ? » Son corps était maintenant tendu vers elle. Mais elle demeurait dure car elle avait senti son dédain.

- Vous ne me croyez pas, je le vois bien ! C'est votre droit ! Mais je vous le répète : méfiez-vous de votre femme, elle va vous faire du mal, bientôt. Elle prépare un maléfice pour vous. Un sort, si vous préférez. Vous pensez que je radote peut-être, mais prenez garde quand même. Je sens une mauvaise chose autour de vous. Cela agira comme un poison destiné à vous tuer à petit feu. Je vous ai préparé un bain à base de plantes, rien que des plantes, elles vous protégeront.

Ahuri, Jean regarda les deux femmes. Madeleine, manifestement, ignorait tout car elle se tourna vers sa mère, puis vers Jean, puis vers sa mère, incrédule. Jean se taisait, ses oreilles bourdonnaient. Aurélie était incapable d'accomplir un pareil méfait. Cette femme se trompait sûrement.

Un silence épais envahissait la pièce. Bientôt, il allait les ensevelir tous. Le jeune homme eut envie de crier : « Ce n'est pas possible ! J'ignore quelles sont vos raisons, mais vous vous méprenez sur les intentions de ma femme ! »

Cependant, ce fut madame Pausé qui déchira le silence insoutenable de sa voix forte :

- Je vais vous donner ce bain, ensuite essayez de vous en sortir, trouvez une solution, éloignez-vous d'elle pendant quelque temps, cherchez un prétexte... Je vous ai prévenu, j'ai fait ce que j'avais à faire !

Jean perçut les autres paroles qu'elle ne prononça pas tout haut : « Tout à l'heure, après le bain, vous partirez d'ici, je ne veux plus entendre parler de vos histoires, mes problèmes me suffisent ... »

Comme un pantin désarticulé, il suivit madame Pausé dans la salle de bains. Une grande casserole était posée sur le sol, pleine à ras bord d'un liquide roux dans lequel baignaient diverses plantes cuites. Il en reconnaissait quelques-unes : herbes des jardins, herbes des chemins, herbes douceâtres que broutent les chèvres, herbes amères aux feuilles sombres. Il y avait des fleurs aussi, des pétales, cadavres piteux et décolorés qui avaient donné leur essence et qui gisaient maintenant, livides et vides. Une bougie était allumée dans un coin.

Il enleva sa chemise, son pantalon, ses chaussures et ses chaussettes. Elle commença à l'asperger. De l'eau qui dégouttait de ses cheveux trempés émanait une odeur verte et puissante, puissante comme la main qui massait sa tête, sa nuque et ses épaules. Une eau parfumée aurait paru sans force tandis que celle-ci était lourde, musclée, chargée de messages destinés à toutes les fibres de son être. Une eau carapace, une eau responsable, une eau protectrice.

À plusieurs reprises, la femme vibra, comme si une énergie la traversait soudain. Elle grimaçait, de douleur semblait-il, et fermait les yeux pour se concentrer. Elle avait l'air de lutter contre une force qu'elle repoussait. Ce bain de quelques minutes lui parut durer une éternité.

Quand ce fut fini, il se rhabilla aussitôt, comptant quitter au plus vite cette maison, mais poliment tout de même.

- Merci Madame de m'avoir prévenu ! Merci pour tout !

- Au fait, lui dit-elle, alors qu'il se dirigeait vers la porte après avoir lancé un regard gêné vers Madeleine, vous savez prier ?

Il se retourna, hésita un peu et, sans répondre, s'engouffra dans l'allée bordée de crotons.

Puis étaient venues quelques nuits sans sommeil pendant lesquelles il avait observé Aurélie. La tête enfoncée dans l'oreiller, celle-ci dormait paisiblement. Jean s'approchait d'elle et scrutait son visage à la recherche de signes belliqueux qui auraient pu conforter la thèse de madame Pausé. Mais rien ne filtrait de cette peau douce et de ces paupières diaphanes. Rien…

Le dimanche précédent, ils avaient passé la journée chez les parents d'Aurélie, une journée agréable qui l'avait détendu. Aurélie portait une robe bleue à grandes fleurs blanches et fraîches.

Elle riait beaucoup et avait l'air en pleine forme. Jean avait même remarqué qu'elle avait un peu grossi. Il le lui avait dit en ajoutant : « Cela te va bien ! » Le sourire qu'elle lui avait alors offert ressemblait à un bouquet qui emporta dans un tourbillon de parfums les derniers relents d'inquiétude qui empestaient sa vie depuis les curieuses révélations de madame Pausé… Cette nuit-là, elle avait fait l'amour sans aucune réticence. Puis, alors qu'elle s'endormait, Jean avait de nouveau contemplé son visage. La lueur halée des étoiles qui filtrait à travers les jointures des volets et se répandait sur le lit la faisait ressembler à un ange. Quant à lui, parfaitement comblé par les menus plaisirs de la journée, il n'avait été troublé par aucun rêve, par aucun avertissement.

« Bah ! avait-il conclu, les jours suivants, ce sont des histoires de ladi lafé à dormir debout. Lorsque madame Pausé reviendra au salon, j'en serai quitte pour une coiffure gratuite en signe de remerciement. Il faut ménager la clientèle ! Je n'ai jamais cru aux prédictions des horoscopes et des voyants... Je ne vais pas commencer maintenant ! »

8

« Le poison ! Et justement le jour où Aurélie est absente ! »

Cette idée, jointe à un terrible élancement dans son ventre, le souleva brusquement de son lit.

Il vit les chiffres rouges affichés au cadran du réveil : 23.55.

Alors, une terrible peur l'étreignit : la peur des aliments avalés.

Il comprit l'étendue de son malheur. Sa situation lui apparut dans toute son écrasante vérité. Avant l'aube, beaucoup d'heures, une multitude de minutes, une infinité de secondes longues comme des éternités allaient s'écouler lentement…

Maintenant, c'était tout son corps qui souffrait. Des ondes partaient de quelque part en lui, il n'aurait su dire d'où exactement. Elles se propageaient dans toutes les directions, vers toutes les fibres de son être. Les côtes d'abord étaient submergées puis, tandis que toute son énergie se concentrait sur cet endroit, c'était le bas de son ventre qui se tordait de douleur. Ensuite, les vagues horribles atteignaient sa tête qu'elles heurtaient avec violence… Puis, pendant une minute ou deux, alors que l'ouragan se calmait, il en profitait pour respirer profondément.

Une fois même, repensant à son entrevue avec madame Pausé, il pria… Des mots venus de son enfance qu'il avait du mal à retrouver et qu'il égrenait autrefois comme on égrène du maïs… Plus tard, il se dit que jamais expression figurée ne fut plus propre à décrire cet acte qui consiste à débiter des paroles sans vraiment en saisir le sens.

Fernande obligeait ses enfants à s'agenouiller devant le lit et à réciter à haute voix - car la voix basse permettait à quelques-uns de balbutier n'importe quoi - cinq à six prières. Le « Je vous salue Marie » alignait des mots bizarres et bien compliqués. Avec « pleine de grâce », certains petits coquins avaient inventé un jeu de mots plutôt grossier qui les faisait pouffer de rire. Et comment devaient-ils comprendre ce « fruit de vos entrailles qui est béni » ?… Sur les images pieuses, Notre Père avait l'allure d'un bon grand-père, Marie était une femme souriante aux mains tendues. Fernande leur avait assuré que ces deux êtres-là les protégeraient s'ils pensaient à leur parler le matin et le soir. Mais lorsqu'elle oubliait de leur rappeler : « Allez dire votre prière ! », ils s'endormaient bien vite. Auparavant, au chaud sous la couverture, ils avaient murmuré :

« Seigneur et Marie, pourquoi faut-il s'agenouiller pour vous parler ? On peut bien le faire en étant allongé ! Pour une fois ! Il fait tellement froid! »

Quelque vingt-cinq ans plus tard, profitant de l'accalmie que lui accordait sa souffrance, le voilà qui fouillait dans sa mémoire pour retrouver des phrases apprises par cœur. C'était comme s'il ouvrait une vieille valise fermée depuis très longtemps. Il revit la mince feuille de palmier qui avait l'air de pousser sur le crucifix en bois plein de poussière, les statuettes aux couleurs pâlies et aux pieds usés laissant apparaître le plâtre brut. Il se rappela le parfum du cierge que Fernande allumait le vendredi saint après leur avoir demandé d'embrasser la terre. Etonnement de redécouvrir tous ces souvenirs intacts !...

Mais la douleur le tenait pour de bon. Cette douleur-là était féroce, inhumaine, résolue comme un bourreau décidé à le traîner petit à petit au bord de la mort. À cette façon qu'elle avait de le traiter comme une proie, de le lâcher, puis de le reprendre soudainement juste au moment où il tentait de s'enfoncer un peu dans le sommeil, il la sentait prête à tout. Elle le traquerait jusqu'à épuisement, elle l'userait, elle le mettrait en pièces. Elle était souveraine et sa puissance incommensurable. Il n'avait aucun recours. Il pleura entre deux de ses attaques, assis au pied du lit, lamentable...

Vers deux heures du matin, elle revint à la charge, plus déterminée que jamais. Elle enfonça ses griffes dans la chair de son ventre et le força à ramper jusqu'aux toilettes.

En gémissant, Jean fut forcé de lui obéir. Il se hissa sur les W.C. et commença à se vider. Il recueillit entre son pouce et son index quelques gouttes échappées de ses entrailles pour les examiner à la lueur de l'ampoule électrique. L'odeur infecte qui s'en dégageait l'affola. Un liquide composite, fait de toutes les perles de sueur de condamnés à mort ne lui aurait pas semblé plus chargé de désespoir que ce jus jaunâtre et fétide qu'il pétrissait entre ses doigts fébriles. Il l'interrogea, angoissé. Mais, que se passait-il en lui ? Jusqu'où ce mal comptait-il aller dans son œuvre de destruction? …

Ses forces l'abandonnaient peu à peu. Il dut s'y reprendre à deux fois avant de pouvoir se lever et marcher. Il s'affala dans le canapé qui gémit sous son poids. N'était-ce cette barre qui s'enfonçait un peu plus dans son ventre chaque fois qu'il tentait de bouger, il se serait volontiers pelotonné sous les coussins verts et jaunes confectionnés par Aurélie.

Toute la partie comprise entre ses côtes et son pubis, maintenant qu'il était allongé sur le dos, ressemblait à une grande dépression, balayée par de violents vents internes.

Il avait soif. Il imagina l'action bienfaisante d'une eau claire qui apaiserait la brûlure de sa gorge et parvint à saisir le verre à moitié plein posé sur la table basse. Il hésita au moment où le verre touchait ses lèvres desséchées mais se souvint qu'il l'avait rempli lui-même au robinet de la cuisine. Il rêvait d'une vraie cascade intérieure pendant que son cerveau en détresse lui conseillait d'avaler plusieurs litres d'eau. Il faillit lui obéir, mais à la pensée de pénétrer dans la cuisine, d'écarter tous les reliefs empoisonnés entassés dans l'évier, il prit peur. La porte était fermée heureusement.

Peu après, juste devant cette porte, un léger bruit attira son attention. Couinements angoissés, chocs brefs, frottements… Une souris allait et venait, avançait et reculait, tremblante de désespoir, refusant ce qui lui arrivait. Elle titubait en tournant en rond, le museau au sol, comme si elle cherchait quelque chose, sa vie peut-être, cette vie qu'elle sentait partir petit à petit. Soudain, ses yeux exorbités pâlirent d'effroi parce qu'elle était face au néant qui approchait pour l'engloutir. Elle tomba sur le coté, vaincue.

Jean se détourna d'elle comme on se détourne d'un pestiféré quand on est soi-même atteint de la peste. Il frissonna. L'ange de la mort avait touché puis projeté la minuscule bête à ses pieds.

Il eut envie de la faire disparaître. Cependant, ses muscles affaiblis ne lui obéirent pas et il craignit qu'en se levant, il ne tombe à côté de la souris. Ce cadavre lui montrait ce qui l'attendait. Il représentait la chose la plus intolérable qui existât sur terre en ce moment, l'unique réalité. Condamné à mort, debout devant la fosse, Jean venait de voir tomber ses camarades et attendait son tour.

À six heures, la nuit commença à s'éclipser. Déjà, des rais plus clairs s'introduisaient dans la pièce, apportant avec eux des bruits familiers qui parvenaient à ses oreilles : camions roulant à toute allure, pas pressés sur le gravier, portes refermées. Il réalisa que personne en dehors de lui ne pensait à la mort à cette heure. Il était terrifié à l'idée que dans son appartement la vie était figée dans une enveloppe toxique, douloureusement figée, alors qu'à l'extérieur, elle poursuivait son cours. Il était un insecte emprisonné dans une toile d'araignée nimbée de lumière.

Ses paupières lourdes voulaient absolument se rabattre. Cependant, il lui semblait que si elles tombaient, jamais plus elles ne se relèveraient, comme ces fenêtres dont les gonds rouillés lâchent, impuissants.

Et alors, si cela arrivait, vers quels rivages serait-il entraîné ?

Le mal qui le rongeait depuis la veille voulait l'anéantir, mais il fallait qu'il tienne bon. Garder les yeux ouverts, malgré tout ! Lutter pour ne pas sombrer ! Même s'il était brisé, même s'il était déchiqueté ! … Rester accroché à la lueur toute proche ! Déjà, celle-ci devait colorer le toit de l'immeuble de gris rosé. Tout à l'heure, il se traînerait jusqu'à la fenêtre, il l'ouvrirait et tous les rapaces, fous meurtriers qui peuplaient la pièce, s'enfuiraient devant la lumière, honteux, vaincus. Leur diabolique ardeur serait pulvérisée. Néanmoins, qu'allait-il rester de ce corps pantelant qui était le sien, de cette âme disloquée qui était la sienne ?

Il enviait tous ceux qui en ce moment se réveillaient en s'étirant dans la chaleur des draps.

Il songea au matin bleu qui devait s'installer là-haut sur la montagne, aux nuées évanescentes que les vallées poussaient vers le ciel, à la clarté couleur de pêche qui flottait dans les sous-bois à cette heure.

Il pensa aux champs caressés par une brise matinale. En se promenant avec Aurélie la semaine précédente, il avait remarqué que les cannes projetaient vers le ciel une multitude de plumeaux roses et duveteux. L'heure de la moisson était proche ; le jus puissamment sucré des troncs allait ensanglanter les feuilles. Celles-ci dépérissaient depuis quelques temps à l'idée de mourir encore cette année. Elles allaient être sacrifiées alors que pendant quelques mois on leur avait demandé d'onduler avec élégance sous le soleil. On les avait nourries, entretenues, exhibées. Maintenant, feuilles sans valeur dont la beauté était secondaire, elles pouvaient se dessécher, personne ne les regarderait plus, elles ne seraient bonnes que pour le fourrage… Et elles pleuraient doucement sur leur sort en pensant au pouvoir de l'oubli…

Petit, il participait à la coupe des cannes. De bonne heure le matin, ses frères et lui étaient sortis du lit et, les yeux encore pleins de sommeil, ils étaient poussés vers le champ. Ils n'avaient pas le temps de se rouler dans la terre, d'imiter le chant des oiseaux afin de les attirer vers un bâton recouvert de colle, de surveiller une papangue ou de suivre les traces d'un lièvre. Tout le jour, armés d'un long sabre, leurs bras vieillis avant d'avoir grandi tranchaient les tiges d'un coup net. À la fin de la journée, ils aidaient à charger la grosse charrette qui ouvrait sa gueule béante vers le ciel flamboyant. D'un geste rapide, ils lançaient les cannes une à une vers le journalier debout dans le véhicule.

- Plus vite, leur commandait Aimable, impatient, prenez-en plusieurs à la fois !

- Ou l'est fou ! intervenait quelquefois l'homme scandalisé, force pas ban' marmailles-là oté ! zot l'estomac va descend' !

Les feuilles agressives laissaient dans la peau des dards brûlants qu'il fallait ensuite arracher à coup de brosse. Ces mêmes feuilles lacéraient leurs jambes et leurs bras, laissant de profonds sillons sanguinolents qui empêchaient le sommeil. Les fourmis rouges, dérangées dans leur ardeur, attaquaient sans pitié ces intrus aux pieds nus qui troublaient le silence souterrain. Quand ils rentraient, à l'heure où les belliers se jettent sur les arbres dans un chahut indescriptible, ils devaient encore arpenter les petits chemins du village, un panier de légumes sur la tête :

« Salades ! Salades ! Deux francs la tête ! Vouèmes, zentaques ! Cinq francs la botte ! Salades… »

Que n'aurait-il donné en ce moment pour revivre cela !

Jean n'ouvrit pas les volets, n'éteignit pas la lumière. Dès le matin, un soleil franc qu'aucun nuage ne venait gêner, recommença à brûler la terre. Les femmes péroraient sur les seuils des portes, les bazardiers hurlaient dans la rue. Les oiseaux réveillés vinrent reprendre leur besogne là où ils l'avaient laissée et Jean entendait les petits becs taper contre la tôle lorsqu'ils essayaient de coincer des brindilles sous le toit. Leurs ébats étaient heureux ou violents, mais ils témoignaient d'une grande vitalité.

Tout le jour, il resta immobile. La pièce prit un drôle d'air. Une lueur diffuse venant du dehors se confondait avec la lumière électrique. Les ampoules semblaient inconsistantes, dérisoires au bout de leur fil. Leur pâleur était pitoyable. Elles n'éclairaient presque plus maintenant et tout se teintait d'un jaune fade qui donnait la nausée.

Il avait déféqué sur le canapé, ses entrailles s'étant vidées malgré lui. Un liquide verdâtre imprégnait le tissu fleuri devenu par endroits raide comme une toile cirée. Cette incapacité nouvelle de se contrôler le terrorisait. Ses vêtements souillés et humides lui collaient à la peau et exhalaient une odeur pestilentielle. Sur le sol, stagnaient plusieurs mares mousseuses, à la couleur indéfinie. Sa bouche en feu désirait boire mais sa tête pesante le tenait cloué dans la même position horizontale.

À midi, il entendit beaucoup de pas : pas alertes des voisins affamés revenant du travail, pas crissant sur le gravier, franches galopades d'enfants rentrant de l'école…

Quelqu'un allait surgir et lui tendre une main, soutenir sa tête meurtrie, lui donner de l'eau fraîche, puis un café peut-être, un café chaud et parfumé qui stopperait sa migraine. Ensuite, après l'avoir lavé, on le coucherait dans des draps propres. On ouvrirait les volets pour qu'il puisse respirer. On le raccrocherait au monde d'en bas, au monde des vivants qui savent encore marcher sur leurs pieds. Chaque fois qu'il entendait un bruit, un espoir insensé renaissait en lui, et chaque fois, le dépit l'abîmait un peu plus.

Il pensa à sa mère et à son père…

Vers dix-sept heures, des enfants vinrent s'amuser sous sa fenêtre. Il entendait leurs sauts à pieds joints sur l'asphalte du parking.

Quand il revenait du travail et que les enfants étaient dehors, il prenait soin de ne pas marcher sur les marelles dessinées à la craie blanche : il contournait l'escargot, enjambait le ciel, longeait le rectangle quadrillé. Il évitait aussi de déplacer les cailloux plats, choisis avec soin, et qui servaient de palets. Un jour qu'il était distrait, il en avait dérangé un. En tentant de le remettre à sa place, il s'était excusé, un peu honteux. Des regards courroucés avaient convergé vers lui. Des chuchotements irrités l'avaient condamné. Il avait compris combien il était sacrilège de ne pas respecter l'univers des enfants… Une pierre ronde était un soleil ; un trait : une porte infranchissable ; un demi-cercle: le paradis. Quand les enfants jouaient, le rêve devenait réalité. Quelquefois, au soir tombant, accoudé à la fenêtre, il les observait. Il était évident que jouer était l'activité la plus sérieuse au monde, celle qui leur donnait l'occasion de gagner et de perdre des paris, de pratiquer le troc, de se fâcher et de se réconcilier, de s'embrasser et de verser des larmes, de commander et d'obéir.

Une fois même, sous un faux prétexte, il s'était retrouvé à côté d'une bande de garçons qui s'amusaient à shooter dans un ballon. Ce dernier ayant roulé sous une voiture (il avait déjà repéré à quel endroit il tombait le plus souvent), il s'était précipité pour le récupérer. Le coup de pied qu'il avait ensuite donné l'avait fait frémir de plaisir, un plaisir oublié, mais qui avait resurgi sans peine. Jean en avait été étonné… À partir de ce jour, il descendait parfois rejoindre les footballeurs en herbe. Ses cris se mêlaient à leurs hurlements, son enthousiasme était égal au leur.

« À ton âge ! … » disait Aurélie en hochant la tête avec une moue d'évidente réprobation. Il croyait alors entendre les propos de son père.

Les parties de foot dans le carré de poussière du terrain vague lui revinrent en mémoire. Comme les vrais ballons avaient une durée de vie très brève, des remplaçants étaient fabriqués avec des chutes de tissu dérobées dans l'armoire à couture de Fernande. Personne ne savait mieux que lui entortiller tous les morceaux dans un torchon. L'ensemble devait être parfaitement rond et dur pour ne pas se laisser éventrer par les puissants orteils… Quelquefois, Fernande démantelait l'ouvrage en reconnaissant soudain son torchon ou un bout de tissu.

« Oh ! maugréait-elle en tirant des oreilles, ce morceau de tissu rouge, je l'ai cherché comme une folle pour finir un travail, et c'était vous qui l'aviez pris, garnements! »

Puis : « Cela vaudrait mieux pour vous que je ne le dise pas à votre père ! »

Mais on savait bien qu'elle ne dirait rien. Il n'y avait qu'Aimable qui était capable de leur ôter toute envie de fabriquer des ballons.

Quand il en avait attrapé un, s’il était très furieux, Aimable, d’un grand coup de ciseaux, le mettait en pièces. Ou alors, le jouet passait de longues semaines à l'endroit même où il avait été posé. Personne n’osait plus y toucher jusqu’à ce que l’interdiction paternelle soit levée.

« Je le mets ici, disait-il en roulant de gros yeux, gare à vous, s'il disparaît. »

La petite boule s'immobilisait entre des outils, sur un rayon, dans la remise. Tout le monde pouvait la voir.

Jean songea à tous les objets précieux : fruits d'ingénieux efforts devenus inutiles, incompris ! Désespoir et dépit à la vue de créations maltraitées, méprisées ! Génie non reconnu !

Comment peut-on encore rêver lorsqu'on brise vos rêves quand ils ne sont que des ébauches? Comment progresser si ces ébauches sont systématiquement détruites ?

Pendant longtemps, enfant, Jean avait cru que s'amuser était mauvais.

« Nana rien qu' le jeu dans la tête ! » répétait Aimable à tout propos... ou alors « Allez fait in travail au lièrk jouer ! Allez apprend' zot leçon ! Nettoye jardin ! Balié la cour ! Mette la propté ! Donne zherbe lapins !...»

Les enfants n'avaient le droit de s'amuser que le dimanche ou après avoir accompli les tâches domestiques ou scolaires qui étaient les seules à compter vraiment pour lui. Il n'avait pas senti que les jeux les faisaient pousser aussi...

Fernande, absorbée par le cours de sa propre vie et par son travail, n'avait pas toujours le temps de s'intéresser aux jeux de ses enfants.

Pourtant, les arbres cachaient toujours quelque bête au creux de leurs branches : des hannetons, des colonies de fourmis, des bébêtes l'argent. Parfois, on prenait un caméléon à tête rouge dans un lacs en nique coco[1]. On fourrait dans sa gueule une cigarette de feuilles de bringelliers qu'il fumait au milieu des garnements réjouis. À moins qu'on ne découvre dans la fraîcheur des racines, plaqué contre la terre, un vieux crapaud somnolent qu'on s'empressait de débusquer à coups de bâton.

Et puis, il y avait les nids ! … Nids de guêpes dont on suivait quotidiennement la construction. Les bâtisseuses ne se doutaient de rien, mais pendant des semaines, elles étaient épiées, filées, et nos jeunes guetteurs savaient tout de leurs allées et venues. Les itinéraires étaient soigneusement inventoriés, les insectes régulièrement recensés. Embusqués dans les bananiers, les garçons fixaient le ciel dans l'attente d'un vol zigzaguant. Les plus petits, quelquefois, oubliaient de se taire et, un doigt dirigé vers le point doré se détachant sur le bleu du ciel, s'exclamaient haut : « Alala ! Agarde là! »

Une gifle partait alors, suivie de quelques reniflements étouffés sous le silence des feuilles. Des yeux larmoyaient. La victime, abandonnant les autres qui proféraient des menaces, courait se réfugier auprès de sa mère pour se plaindre et tout dévoiler. Dans ce cas, le rapporteur devait, durant

---

[1] nervure de foliole de cocotier

un jour ou deux, bien cacher ses oreilles ou protéger son derrière. Le traître était banni du clan. Fernande criait : « Je vous ai défendu d'aller dans les bananiers ! » Il faut dire que si le lait blanchâtre qui s'écoulait des feuilles s'étalait sur les chemises, celles-ci porteraient à vie des traces brunes…

Ensuite, venaient les nids d'oiseaux. Que d'heures passées à épier le couple occupé à bâtir sa demeure ! Tapis sous les arbustes, bouche bée, ils observaient tout. Les amours, la ponte, la couvaison, l'éclosion, n'avaient plus de secrets pour eux. Au moindre pépiement, ils accouraient se poster au pied de l'arbre. Il n'était pas rare de voir un préposé à la vaisselle, une assiette dans une main, une éponge dans l'autre, le regard inquiet levé vers les branches, à l'écoute d'un bruit suspect provenant d'un nid.

De temps en temps, Fernande lançait vers les observatoires des enfants un avertissement :

« Marmailles, votre papa revient bientôt, vous n'avez pas fini votre travail ! Vous n'avez pas encore appris vos leçons ! »

L'inquiétude stoppait net les petits dans leurs courses ; au souvenir des dernières fessées, un frisson parcourait les échines, mais il ne durait pas… Les livres et les cahiers restaient désespérément ouverts aux mêmes pages, à côté de crayons et de jouets épars sur le sol ; les légumes dispersés sur la table de la cuisine autour du couteau menaçant agonisaient pendant des heures; les poules ouvraient puis refermaient leurs becs asséchés pendant que les laitues du potager flétrissaient à vue d'œil au soleil…

Puis, lorsque Fernande voyait ses enfants arriver en courant dans un froufroutement de feuilles accrochées à leurs pieds et à leurs cheveux, elle savait qu'Aimable rentrait des champs. L'un enjambait la haie de petits pois, l'autre dans sa précipitation écrasait des plants de salade, un autre encore dégringolait d'un arbre en s'arrachant la peau des cuisses. On aurait dit un jeu dont les participants devaient regagner un cercle en un temps record sous peine d'être expulsés ou d'obtenir un gage. Ils surgissaient, tout débraillés. À la hâte, ils rajustaient leurs nippes. Prestement, les doigts essuyaient une goutte de morve pendue aux narines. Sur les fronts subitement inquiets perlait une sueur terreuse. Croyant la chasser de la paume de la main, ils l'étalaient sur leurs figures et sans le savoir, y inscrivaient la preuve de leurs coupables occupations.

En quelques minutes, chacun regagnait sa place, vaquait à sa besogne. La porte du clapier claquait. Le maïs roulait sur le sol dans un bruit métallique. Les plates-bandes étaient copieusement arrosées. On s'affairait en silence dans la cuisine. On écrivait des choses sur un cahier en tirant la langue et on chantonnait des récitations en fermant les yeux. Mais Aimable n'était pas dupe. Sa voix terrible grondait :

« Pendant que je travaille, vauriens, vous vous amusez ! Et votre mère ? Que dit votre mère? Elle ne vous voit pas évidemment, elle vous laisse aller… »

Alors, tout en tempêtant, il distribuait encore quelques fessées, il plongeait les petits dans un bain de panique. Les respirations devenaient courtes et sèches car sa colère, tel un volcan en éruption, absorbait tout l'oxygène de l'air…

À l'évocation de ces souvenirs, Jean eut encore la force de se demander :

« Pourquoi a-t-il été aussi sévère ? Il pensait sans doute qu'il devait nous élever durement. C'était sa façon à lui de nous aimer… »

Il constata qu'il pouvait bouger son torse à présent, il souffrait moins. La douceur du crépuscule s'insinuait dans la pièce. C'était un crépuscule plutôt sombre avec encore, ici et là, quelques traînées d'or… Les oiseaux étaient partis après quelques conciliabules dans la gouttière, les enfants avaient abandonné leurs rêves sur le goudron et les voisins avaient claqué la porte pour la nuit. Des bruits et des odeurs provenant des cuisines réveillèrent son estomac qui se tordit dans un spasme nauséeux.

Un peu plus tard, à l'éclat lumineux de l'ampoule, il reconnut qu'il faisait tout à fait sombre dehors. Il remua ses membres, un à un, puis son bassin, puis ses bras. Il tenta de se lever. Le poids de sa tête le rejetait sur le canapé. Après quelques tentatives, il put s'asseoir. Il lui semblait qu'un fil ténu reliait sa tête au reste de son corps, fil qui se balançait de droite à gauche, prêt à se rompre. Il s'entendait respirer ; ses expirations avaient toutes l'air de derniers soupirs tant elles étaient longues, tant elles allaient chercher très loin leur substance. Il resta ainsi plusieurs minutes.

Il gagna la salle de bains en prenant appui sur les meubles, mit la bouche sous le robinet et but à longs traits pour remplir le vide installé en lui depuis la veille. Puis, il parvint à la chambre et, tantôt allongé, tantôt assis, réussit à se défaire de ses vêtements souillés et à se rhabiller. Quand il eut fini, il était tellement las qu'une grande envie de dormir s'empara de lui à nouveau. Il s'assit, prêt à se laisser vaincre par le sommeil.

Néanmoins, il se releva. Il se dirigea vers la porte. Il descendit l'escalier, très lentement, comme un aveugle qui aurait perdu sa canne, en s'agrippant à la rampe. À plusieurs reprises, il s'assit pour reprendre des forces ou se traîna sur les fesses. Il remercia le ciel qu'à cette heure, personne ne passait dans la rue.

Il avança comme une ombre entre les ombres. Surtout, retrouver la rue ! … Mon Dieu, faites qu'elle soit là ! … Au bout d'un temps qui lui parut très long, il reconnut la maison. Il poussa le portail. Il frappa. Il s'appuya contre la porte d'entrée. Quand elle l'ouvrit, il tomba à ses pieds, étendu sur le ventre, la face contre le carreau glacé…

9

Madame Pausé éteignit la télévision, alla remplir un verre d'eau à l'évier de la cuisine. Agenouillée, elle le tira par les épaules et hissa sa tête qu'elle soutint de son bras gauche. De sa main droite, elle prenait de l'eau dans le verre et lui mouillait le visage. Elle lui en fit boire un peu. Jean sortit de son évanouissement.

Dès qu'il put marcher, elle l'installa dans l'ancienne chambre de Madeleine. Après avoir débarrassé son corps de toutes les souillures qui le recouvraient, elle le revêtit d'un tee-shirt de la jeune fille et d'un vieux pantalon retrouvé au fond d'une malle.

À ce moment-là, elle fut saisie d'un tremblement et perçut Leur présence. Ils surgissaient ainsi à n'importe quel moment du jour ou de la nuit pour lui confier une mission.

- Cet homme t'est envoyé, tu dois le sauver!

- Je suis fatiguée. J'ai élevé quatorze enfants, soigné un mari malade pendant de nombreuses années ! ...

- Tu le soigneras aussi de la même façon. Tu en seras largement récompensée.

- Mais ce garçon est à l'article de la mort ! Il est trop tard pour lui ! Jamais il ne s'en sortira ! Jamais ! maugréa-t-elle.

- Il guérira !

Les voix sûres de ses guides spirituels n'admettaient aucune réplique.

Elle lui donna à boire puis, assise au bord du lit, se mit à l'observer. La souffrance avait complètement altéré ses traits. Ayant beaucoup maigri, il était presque méconnaissable à présent. Deux grands cernes violets et profonds se découpaient dans sa figure blême. Ses flancs se soulevaient et s'abaissaient sous le drap au rythme d'une respiration difficile, oppressée. Ses lèvres entrouvertes se racornissaient comme des zestes d'orange privés de leur pulpe. Il gémissait. La fièvre le consumait.

- Je vais appeler un médecin, décida madame Pausé, je ne peux rien pour lui.

- Non, pas de médecin ! Un bain, une tisane, des massages, des prières. Maintenant, puis toutes les trois heures pendant trois jours ! dirent les voix que seule la vieille dame percevait.

Elle alla faire chauffer de l'eau puis ouvrit un grand carton contenant diverses plantes desséchées: lianes corail, pétales de rose, romarin, thym, faham, tan-tan, matricaire, jean-robert…, en choisit trois qu'elle jeta dans l'eau bouillante. Ces dernières libérèrent leurs senteurs qui envahirent la cuisine. Elle les laissa infuser.

Bien qu'elle sût que les plantes médicinales ne se cueillaient pas après la tombée du jour parce qu'elles perdaient à ce moment-là toutes leurs vertus, à la hâte, elle jeta sur ses épaules un vieux châle et sortit. L'air frais la saisit aussitôt. Elle ramena les pans du châle autour de son cou et hâta le pas. Les phares des voitures ne l'aveuglaient pas car son regard était ailleurs.

Cet homme, elle ne le connaissait pas vraiment même si elle l'avait vu deux fois, une fois au salon, une fois chez elle.

- J'aurais mieux fait ce jour-là de me casser une jambe ! ronchonnait-elle tout en avançant à grands pas. Qu'avais-je besoin d'aller chez le coiffeur ?

Les trottoirs étaient quasi déserts. Un éventuel passant se serait fait bousculer sans ménagement s'il l'avait croisée, tant sa colère l'aveuglait.

- Cela fait tellement longtemps !

- Ce qui est à faire te sera dicté, tu n'auras qu'à obéir !

Madeleine partie, elle s'était retrouvée seule dans sa grande maison, la jeune fille venant seulement lui tenir compagnie pendant quelques jours, de temps en temps.

D'ailleurs, Madeleine, toujours absorbée par ses problèmes de couple, ne lui apportait rien par sa présence. Au contraire, elle l'irritait. Depuis leur dernière querelle, un froid s'était installé entre elles. La fille voulait montrer qu'elle était parfaitement heureuse. Les efforts qu'elle fournissait dans ce but la mettaient mal à l'aise et la rendaient maussade. Le lien qui les unissait était composé d'animosité, d'hésitations, de propos destinés à tromper, de silences gênés. Bref, leurs rencontres s'avéraient épuisantes.

La vieille dame appréciait donc sa solitude. Retraitée dynamique, elle passait plusieurs mois par an en métropole chez ses autres enfants, suivait des cures dans une station thermale, visitait des amies qu'elle avait en grand nombre, se rendait une fois par semaine au club du troisième âge… Elle avait l'impression de se reposer après une vie bien remplie.

Après avoir parcouru cinq cents mètres, elle ralentit l'allure, hésita avec l'envie de faire demi-tour. Cependant, elle revit ce presque moribond couché dans sa maison, ce presque mort épuisé par le râle. Elle revit sa pâleur égale à celle des draps, le regard empreint de désespoir et d'affliction qu'il avait jeté autour de lui.

- Je vais chercher le médecin, je ne peux rien pour lui ! insista-t-elle encore une fois, dans l'espoir de Les faire fléchir.

Au même moment, avant qu'elle ne reçoive Leur réponse, elle sut qu'Ils allaient refuser parce qu'elle fut prise d'un soudain mal de tête.

- Non, pas le médecin ! Pas ce soir !

- Bien, trois jours, mais pas plus ! À mon âge, je refuse d'encombrer mon existence d'un malade. J'ai besoin de ma liberté, j'ai besoin de vivre pour moi après avoir vécu pour les autres. J'ai assez donné !

Elle se mit presque à courir. Sa mémoire se souvint et Ils lui révélèrent ce qu'elle avait à faire… Ses pas trouvèrent seuls les sentiers et les chemins pierreux qui menaient aux herbes salvatrices. Ses yeux voyaient dans l'obscurité. Un instinct nouveau et merveilleux la guidait sans défaillir. Ses mains sentaient la maturité des baies ou des boutons, la tendreté des tiges, la longueur des racines… Telles feuilles devaient être trop dures, telles autres trop jeunes ; celles-ci étaient maculées de poussière ; sur celles-là, un chien s'était soulagé. Ce buisson trop à l'ombre ne recevait jamais les rayons du soleil, les lianes qui s'y agrippaient manquaient donc de force. En revanche, ce bouquet de fleurs se balançant sous les étoiles en relevant la tête possédait une grande vitalité.

L'obscurité était légère comme le châle qui la recouvrait. Obscurité protectrice, bienfaisante, rassurante. Nul obstacle sur sa route ! Nulle embûche ! On aurait dit que les sentes avaient dissimulé, à son approche, toutes leurs crevasses dans lesquelles sa cheville aurait pu se tordre. Les ramures s'étaient écartées, ne s'aventurant pas au milieu des chemins comme des folles prêtes à griffer. Les arbustes et les touffes apparaissaient dans toute leur netteté ; leurs feuilles bien découpées dans la nuit claire étaient visibles. La brise s'était calmée. Rameaux et inflorescences ne s'enchevêtraient pas, semblant attendre, paisibles, que sa main vînt les cueillir. Quelques oiseaux dérangés, profitant de la lumière des étoiles, regardaient si leurs petits avaient toujours les yeux clos au fond des nids. Madame Pausé, percevant leurs piaillements étonnés, ronchonna : « Ça pas in malheureux sort ! Moin lé pareille in folle tran' court dan' zerbes asteur-ci, pou fait lève ban' ti zoiseaux ! »

Elle rentra au bout d'une demi-heure, se dirigea vers quelques recoins de son jardin, là où elle savait qu'elle allait trouver d'autres plantes. Une force nouvelle l'habitait depuis qu'elle avait pris la décision de garder Jean pendant trois jours. Mais elle était déterminée :

« Ensuite, il rentrera chez lui. Il a une mère, une famille, je suppose ! »

Après avoir allumé une bougie, elle ajouta quelques gouttes d'eau bénite à la tisane refroidie et la lui fit boire en soutenant sa tête. Sur le feu, une grande marmite disparaissait sous l'amas d'herbes qui y mijotaient : feuilles vertes de lilas, de vavangue, de manguier, tiges de poivrier à l'arôme épicé ; des roses rouges se vidaient de leur sang ; des bouquets de bougainvillées donnaient leur force ; des plants entiers de colle-colle écartaient leurs bras rigides que la chaleur n'arrivait pas à ramollir. Baignée dans une vapeur odorante, la cuisine prenait un air d'officine. Une fine buée blanche recouvrait les vitres. Des casseroles accrochées au mur au-dessus de la cuisinière, perlait une transpiration parfumée, limpide.

Madame Pausé essuya un carré de vitre pour regarder dehors. À la vue de toutes les fenêtres closes et sombres du quartier, elle s'énerva :

- Il est bientôt minuit, je ne vais pas pouvoir me reposer cette nuit !

- Donne-lui un bain, puis assieds-toi près de lui et prie. Le sommeil ne viendra pas te déranger!

- Mais demain ! Quelle tête aurai-je demain ? Il y a du repassage qui m'attend !

- Tu ne seras pas fatiguée. Demain arrivera demain. Pour l'instant, cet homme doit être soigné. Il a besoin de prières et de bains.

Le malade tourmenté par la fièvre et les convulsions geignait. Il était incapable de se déplacer. Elle installa sous lui une grande alèse qui avait servi autrefois puis le déshabilla. Dans la cuvette, près du lit, le bain fumait doucement. Elle y jeta trois demi-citrons et un oignon. Les paumes de ses mains refermées en coquilles prenaient l'eau et la faisaient glisser sur Jean. Pas un cheveu, pas un centimètre carré de sa peau ne furent oubliés

« Il faut extraire tout le mal qui est en lui. »

Elle le retournait, puis se redressait en soufflant et en se tenant le dos. Durant tout le bain, elle vibra. Parfois, ces vibrations semblaient tellement insupportables qu'elle gémissait en grimaçant de douleur, comme si elle était traversée par une onde électrique.

Cependant, au lieu d'abandonner, elle persévérait dans sa tâche. Armée d'une poignée d'herbes ou d'un demi- citron, elle frictionnait de toutes ses forces les parties de son corps qui lui semblaient les plus atteintes : le ventre, le visage, la poitrine et cela, jusqu'à ce qu'elle retrouve son calme. C'était comme si, se heurtant à un obstacle sur la peau, sa main insistait jusqu'à le vaincre tout à fait. Quand elle eut fini, elle épongea l'alèse puis versa dans ses mains quelques gouttes provenant d'un bocal. C'était un alcool dans lequel avaient macéré des râpures d'écorces d'avocatier. Le liquide vert bouteille dégageait un parfum de sève. Non pas de ces sèves figées à l'odeur pâle, mais une sève vigoureuse, exaltée, plus vivante que celle qui coule de l'arbre lui-même.

Enfin, elle le rhabilla. Sa respiration était plus régulière. Sa fièvre avait baissé. Elle referma la porte.

Elle s'installa devant une petite table dans une pièce attenante. La bougie éclairait faiblement des images pieuses, un crucifix, des statuettes représentant des Saints et la Vierge. Un bouquet de marguerites blanches embaumait l'air. Un livre de prières était posé à côté d'un chapelet. Elle l'ouvrit. Des pages jaunies par le temps s'échappait une odeur de pétales de fleurs et de cire.

Le matin la trouva au même endroit, le livre ouvert sur les genoux… La cire fondue formait un gros pâté dur et blême sur le chemin de table en jours de Cilaos. La broderie avait complètement disparu sous la large tache et le tissu adhérait fortement au bois. Mécontente, elle l'ôta pour le nettoyer.

Un prodigieux dynamisme la tint debout tout le jour. À aucun moment, elle n'éprouva le besoin de se reposer. Jamais elle ne souffrit du manque de sommeil de la veille. Elle récura la cuisine, du sol au plafond : lavage, brossage, rinçage furent exécutés en un temps record. Ensuite elle entreprit de lessiver les carreaux de toute la maison. Elle but un verre de lait, mangea un morceau de pain et commença du repassage. Le fer, poussé par une main énergique, glissait sans broncher sur les tissus froissés. Une pile de linge lustré et parfumé se dressa bientôt sur une chaise.

Dans l'après-midi, il lui restait encore assez de courage pour arroser le jardin et arracher les mauvaises herbes autour des arbres fruitiers. Elle repiqua des plants de pensées, sarcla une planche de salades.

Jean dormit toute la journée. Vers cinq heures, alors qu'elle ôtait les rideaux de la cuisine pour les laver, un grand bruit la fit sursauter. Elle accourut et trouva le jeune homme par terre qui tentait de se relever en s'accrochant à une porte. Comme un enfant pris en faute, il tâchait de faire vite mais sa précipitation annihilait ses efforts ; il retomba, impuissant. La détresse de son regard émut madame Pausé.

« Vous ne devez pas vous lever seul, vous en êtes incapable ! » gronda-t-elle gentiment.

Elle le conduisit aux toilettes, l'assit sur la cuvette. Il n'eut pas la force de déboutonner la ceinture du pyjama pourtant trop large pour lui. Elle l'aida. Brusquement, l'urine chaude brûla ses mains avant qu'elle ait pu se retirer pour le laisser seul.

Elle avait guéri beaucoup de malades, traité des hémorragies et des fièvres dévorantes, appliqué des sinapismes sur des enflures et des plaies, soulagé des agonies, aidé des parturientes. Le médecin du coin faisait appel à elle lorsqu'il était débordé. Elle connaissait les plantes et avait suppléé efficacement au manque de remèdes pendant la guerre.

« Allez chez madame Pausé, avait-il souvent conseillé à ses patients, dites-lui que c'est moi qui vous envoie. »

Elle venait à bout d'élongations, d'hernies, d'eczémas, de verrues… Ses passes, prières, tisanes faisaient merveille. Un jet d'urine n'avait donc pas le pouvoir de la dégoûter ou de l'affoler. Cependant, apitoyée, elle ne put s'empêcher de dire tout haut :

« C'est une pitié ! Est-il possible qu'un homme hier si vigoureux puisse se retrouver dans cet état aujourd'hui ! »

Elle le lava, le changea et l'aida à se recoucher.

- Vous allez boire un bouillon. Maintenant, il faut reprendre des forces !

Elle ouvrit la fenêtre. L'air circula dans la chambre du malade, chassa les effluves de mort qui y rôdaient.

- Puis-je vous demander encore un service ? osa timidement Jean. Est-ce que vous pourriez contacter le salon afin que mes employées ne s'inquiètent pas de mon absence et continuent à travailler ?

- Je ferai pour le mieux, lui assura madame Pausé, je leur dirai que vous avez la dengue.

Pendant que le bouillon cuisait, elle entreprit de ranger la pièce afin de la rendre plus agréable. Elle lava le sol à l'eau de Javel et épousseta les meubles, enleva le réveil au tic-tac agaçant et raccrocha au mur un tissu peint représentant un soleil couchant aux teintes flamboyantes.

- Madeleine n'y dort pratiquement plus, dit-elle en manière d'excuse. Le ménage n'y est jamais fait.

De temps en temps, elle allait à la cuisine, puis revenait s'activer autour de lui, s'assurant discrètement qu'il parvenait à avaler le bouillon mais elle évitait de lui parler car il était trop faible.

La chambre que le crépuscule plongea dans la pénombre ce soir-là, était fraîche et propre.

Trois jours durant, madame Pausé soigna Jean. Trois jours durant, elle s'appliqua à calmer sa souffrance à l'aide d'infusions, de bains, de massages. Après avoir prié pour être en mesure de choisir les remèdes nécessaires, elle sortait les cueillir. Quand elle revenait, son sac était rempli de simples.

Quelquefois, pendant ces quêtes, elle s'arrêtait à un endroit précis. Elle ouvrait son sac et laissait tomber un paquet contenant les plantes qui avaient servi pendant la journée ou bien, elle creusait un petit trou et l'y enfouissait. Sacrifiées pour redonner la vie à un homme, ces plantes méritaient que leurs dépouilles soient respectueusement rendues à la terre-mère. Plantes héroïques, inhumées religieusement ! D'autres fois, c'était à la mer qu'il fallait aller les jeter. « Non les jeter, préciserait-elle plus tard, mais les déposer, car on ne jette pas ce qui vous a sauvé. »

La vieille dame ne posait aucune question, ne demandait aucune explication. Elle se contentait d'écouter la voix ou les voix qui lui dictaient la marche à suivre.

Jean parvenait à peine à se tenir sur ses jambes, elle n'avait donc pour le moment d'autre choix que de le garder. Mais elle réalisait combien elle était prisonnière de ses actes passés. C'était elle qui était allée le trouver ; c'était elle qui l'avait averti du danger qui le menaçait ; c'était elle enfin qui lui avait donné un premier bain destiné à le protéger. Même si ces actes, elle les avait accomplis malgré elle, comme poussée par une force intérieure incontrôlable, elle ne pouvait à présent les ignorer…

« Je dois aller jusqu'au bout de ce que j'ai entrepris, mais dans la limite de trois jours, » répétait-elle avec défi.

C'est pour cette raison sans doute qu'elle se dépensait sans compter. De plus, elle croyait que son énergie n'était que la conséquence de son énervement. En fait, il n'en était rien. Tout ce qu'elle accomplissait avec le souci d'en finir au plus vite, l'entraînait indubitablement vers son destin.

L'oiseau qui tisse son nid ne sait pas consciemment qu'il va pondre des œufs, puis les couver pour donner la vie. Il obéit à son instinct d'oiseau tout simplement…

10

Jean se sentait mieux. Il serait plus exact de dire qu'il se sentait plus vivant.

Neuf heures. Un jour radieux entrait à flot par la fenêtre. Le jeune homme, assis sur le lit, le regardait comme on regarde avec passion un être cher qu'on a perdu de vue depuis longtemps. Il posa un pied sur le sol, puis l'autre, s'assura de leur force et se dirigea vers la cuisine. Madame Pausé lui servit un petit déjeuner :

- Comment allez-vous ce matin ?

- Bien. Enfin, je peux marcher !

Le café fumant le fit fondre de bonheur. Il le sirota en fermant les yeux car sa gorge était guérie. Ce breuvage qu'il arrivait à avaler sans aide, lui parut d'un merveilleux augure. Comme il avait faim, il accepta une tartine et un yaourt. Il dut boire une tisane et prendre un dernier bain.

- Je vous remercie encore une fois pour tout. Je vais rentrer chez moi.

- Ne me remerciez pas ! Je devais vous aider, je l'ai fait. Je pense que vous êtes sorti de la mauvaise passe. Allez voir un médecin. Reposez-vous et prenez des fortifiants. Je vous conseille d'aller dans votre famille. En avez-vous une ?

- Oui.

Jean se demandait déjà comment annoncer ce tragique événement à sa mère, à son père.

- Excusez-moi pour le désagrément que je vous ai causé, ajouta-t-il ; je ne savais pas où aller, à qui m'adresser. Vous êtes la seule personne que je connais ici. Ma famille habite dans le sud ; mes parents sont à la Ravine des Cabris.

- Les choses se sont passées comme elles devaient se passer, vous n'avez pas besoin de vous excuser ; mais maintenant, retapez-vous ! Consommez beaucoup de bouillons au début afin de ne pas fatiguer votre organisme, je vais vous donner quelques recettes de tisanes et de bains faciles à préparer. Evitez l'alcool, la cigarette et les femmes jusqu'à ce que vous alliez mieux. Ensuite, seulement, vous réglerez vos problèmes avec votre épouse.

- Il m'a semblé que c'était vous que je devais aller trouver parce que ce qui m'arrivait, vous l'aviez prévu, s'excusa encore Jean.

Elle le regarda, ne sut que répliquer, se leva et commença à faire la vaisselle pour dissimuler son agacement.

Le ciel bleu et les haies fleuries reflétaient une furieuse envie de vivre. Les rayons de soleil se bousculaient derrière les maisons. Jean puisa de la force en eux pour parcourir les cinq cents mètres qui le séparaient de son appartement. À plusieurs reprises, il s'arrêta pour retrouver son souffle. Une fois, il s'adossa à la clôture d'un jardin. Le muret assez large lui permit de s'asseoir quelques minutes. Un lézard dormait, le corps à moitié caché par les pierres sèches. Il tourna vivement la tête vers Jean, puis s'enfuit plus loin. Un chien qui musardait s'attarda près de lui. Il espérait quelque chose. Jean le chassa, le geste qu'il esquissa le fatigua. Il ferma les yeux. Une voix derrière lui le fit tressaillir. La maîtresse de maison, constatant sa pâleur, s'inquiétait et lui proposait un verre d'eau. Après l'avoir bu, il repartit aussitôt pour la rassurer car elle manifestait trop de zèle à vouloir s'enquérir de sa santé et des raisons de sa faiblesse.

À l'intérieur de son appartement, le spectacle tenait à la fois d'une mascarade, d'un lendemain de fête foraine sur une place publique, d'une mise en scène chez un sorcier. Le salon était sens dessus dessous. Les fauteuils étaient renversés, la table ronde poussée dans un coin reposait sur son plateau. Tous les tableaux avaient disparu… La vaisselle du dernier dîner gisait sur le tapis à côté des reliefs éparpillés. La bouteille d'eau avait été lancée contre le mur, des bris jonchaient toute la pièce.

Poussé par un pressentiment, Jean se précipita vers le balcon. La porte de la cage grande ouverte offrait une fallacieuse liberté à ses oiseaux raides dans leurs plumages chatoyants. Jean saisit une femelle à gorge bleue qui couvait. Elle gisait sur ses œufs brisés, la tête renversée, les yeux exorbités. Son petit cou ballottait. Deux plumes jaunes étaient restées hérissées. Sans doute pliées sous la pression des doigts meurtriers, elles n'avaient pas trouvé la force de reprendre leur place. Cela faisait comme une déchirure à travers le duvet. Une demi-goutte de sang perlait à cet endroit, une demi-larme rouge et sèche. Sous une autre femelle, les œufs étaient intacts, mais froids. Jean se souvint soudain qu'ils devaient éclore bientôt. Les oisillons, au soupir qu'avait poussé leur mère, avaient su qu'ils ne verraient jamais le ciel. Un froid terrible les avait enveloppés petit à petit et ils étaient morts peu de temps après, blottis dans leurs coquilles. Les autres : perruches, canaris, tourterelles avaient connu le même sort : tous étranglés impitoyablement.

Jean laissa couler ses larmes, d'abord lentement parce que son corps affaibli n'en pouvait plus, ensuite abondamment parce que ces cadavres lui faisaient mal. Il avait aimé ces oiseaux… Des oiseaux, il en avait toujours eus. Enfant, il en attrapait grâce à des bâtons enduits de colle. Il n'y avait que les oiseaux qui avaient le pouvoir d'attendrir son père. Pour s'épargner des réprimandes ou dissimuler une bêtise, les enfants s'écriaient : « Papa, nous la vu in ti caille malgache côté bitation ! Nana ti tourtrel pays i vient boire la source ; dawar zot nid l'est pas loin ! » Aimable devenait alors intarissable et oubliait de les gronder.

Il ramassa un sac à ses pieds, y enfouit les petits corps après en avoir chassé les fourmis. Il s'assit, laissa une de ses mains dans le sac comme s'il voulait, par le pouvoir de sa chaleur, en chasser la mort.

Dans la chambre à coucher, on aurait dit qu'une orgie démoniaque avait été donnée, que des libations avaient été faites en l'honneur de je ne sais quelle divinité par l'un de ses adorateurs… Le lit était un autel garni d'offrandes aussi diverses qu'inattendues : du marc de café ruisselant de jus noir, du riz, deux moitiés de noix de coco laiteuses, des feuilles de palmier, des pièces de monnaie. Le tout avait été aspergé de rhum et d'eau safranée… Jean fut effaré à la vue de ses papiers étalés pêle-mêle au milieu de toute cette mangeaille. Factures, carte d'identité, permis de conduire, livret de famille étaient passés entre les mains d'un peintre obscène et surréaliste. Œuvres d'art marquées de sceaux obscurs, indélébiles et effrayants, offertes en holocauste au dieu de la vengeance et de la haine.

Ainsi, la pièce symbole de leur intimité avait été profanée : c'est cela qui l'affligea le plus.

Il chercha des yeux ses vêtements. Les armoires béaient, silencieuses et inutiles. Les rayons débarrassés de leur charge tendaient leurs bras blancs dans une désespérante attente.

Il courut vers la salle de bains. Là aussi, les placards avaient été vidés à la hâte, ce qui témoignait du récent passage d'Aurélie. Ses vêtements à lui s'entassaient dans la baignoire, souillés. Là encore, le macabre artiste avait fait preuve de génie en utilisant les mêmes ingrédients. Un flacon à la senteur de pin avait été renversé. Une flaque verte stagnait sur le sol. Les effluves qui s'en échappaient tentaient de dissimuler les relents pestilentiels qui empestaient l'air d'autant plus que la souris ratatinée commençait à se décomposer. Etendue au centre d'une petite mare de jus gris, elle ressemblait à un îlot en putréfaction. Jean frissonna. À nouveau, des spasmes nauséeux firent chavirer son âme. Le spectacle des oiseaux rigides et froids ne le quittait pas, le forçant à imaginer leur dernière terreur au moment où la main avait serré, serré… Alors, penché sur les W.C. il recommença à se vider.

L'appartement était devenu un haut lieu de mise en scène en matière de maléfices, le théâtre d'opérations mystérieuses. Jean avait du mal à le reconnaître. Les murs balayés par des ailes macabres s'affaissaient sous le poids de l'angoisse. Le plafond gémissait. Jean se rendait compte qu'il était dans l'antichambre de la mort. À partir de ce moment, il sut qu'il se battrait contre ceux qui œuvrent pour l'anéantissement des autres.

Fernande qu'il avait appelée au téléphone vint aussitôt le chercher. Quand il la vit, il redevint un enfant accablé de tristesse et il pleura. Fernande retint ses larmes parce qu'il fallait qu'elle soit forte pour deux. Ils se turent aussi parce qu'il n'y avait plus rien à dire.

Devant le bûcher en cendres, ceux qui ont aimé la victime sont là au petit matin. Munis de leur courage et de leur amour, ils ramassent ses restes. Dans des urnes, ils conserveront le souvenir de ce qu'il était avant l'immolation.

Fernande le conduisit chez le médecin à qui il déclara qu'il avait absorbé de la nourriture avariée. Il fut soigné pour « sérieuse intoxication alimentaire ». Il refusa d'être hospitalisé. Vitamines et sels minéraux lui furent prescrits car il semblait très abattu. Une cure de repos lui fut vivement conseillée.

Il prévint ses employées qu'il serait absent plus longtemps que prévu suite à la dengue qui le clouait au lit depuis plusieurs jours et des complications étaient à prévoir. Il ajouta qu'il était très affaibli, qu'il ne tenait plus sur ses jambes et qu'il lui était, dans ces conditions, impossible de travailler pour le moment. Il comptait sur elles pour tout. Il s'occuperait du règlement des factures dès son retour. Il chargea Fernande d'assurer la liaison entre le salon et lui. C'est elle qui irait chercher la caisse le samedi et porter les salaires à la fin du mois.

Jean était heureux à l'idée de s'éloigner du triste lieu, témoin de son infortune et soulagé de retrouver la maison maternelle.

Pendant deux jours, il se reposa. Allongé dans une chaise longue sous la varangue, il humait la fraîcheur de l'air et récupérait des forces.

« J'avais oublié combien il fait bon ici ! » avouait-il à sa mère.

Fernande qui voulait que ce séjour lui soit bénéfique mettait tout son cœur à le réconforter. Elle savait quelles paroles prononcer pour apaiser sa douleur et patiemment, elle écartait toute idée pouvant raviver celle-ci.

Pendant ces deux jours, Aimable fut compatissant et agréable. Mais au soir du deuxième jour, en rentrant de son travail, il trouva la mère au chevet du fils. Le repas n'était pas prêt. Fernande négligeait la maison et même son travail depuis que Jean était de retour. Ils passaient de longues heures à bavarder. La nuit, au moindre de ses gémissements, elle se précipitait dans la chambre, lui proposait à boire, demeurait auprès de lui…

Aimable n'avait pas oublié l'époque où une tendre complicité liait la mère à l'enfant. Ce dernier marchait toujours aux côtés de Fernande comme pour la protéger. Lorsqu'il lui semblait qu'Aimable avait manqué d'attentions envers sa mère, un sourire, un geste affectueux de sa part venaient la soutenir. « Tiens, maman, c'est pour toi ! » Il lui tendait une fleur qu'il avait cueillie au bord du sentier ou bien ouvrait son petit poing : un papillon s'y trouvait, un caillou lisse y était posé. Et Fernande, instinctivement, avait pris l'habitude de se rapprocher de lui. Telle la femelle d'un groupe, un peu alourdie à cause du temps et des rides, elle s'abritait derrière les jeunes flancs d'un petit fidèle. Quelquefois, lorsqu'ils fixaient son père, les yeux de l'enfant s'assombrissaient. Aimable se sentait jugé mais ne s'en inquiétait pas outre mesure. Ces critiques enfantines étaient même touchantes tant elles étaient empreintes de naïveté…

Au silence lourd plein de désapprobation qui tomba sur la maison ce soir-là, Jean comprit donc ce qui se passait. Il n'eut pas besoin de voir le visage de son père pour se souvenir de la grande ride grise posée en travers de son front, cette marque sévère qu'il avait si souvent aperçue lorsqu'il était enfant, ce dessin de pierre auquel il s'était si souvent heurté ! Aimable condamnait la conduite de son fils qui avait entraîné les présents déboires et réprouvait la complaisance de Fernande. Jean allait-il s'installer auprès de sa mère qui lui parlait et l'écoutait inlassablement ?

Ainsi, ce père n'avait pas changé : toujours aussi peu indulgent. Il ressemblait à ces vieux arbres que l'on voit quelquefois dans la savane : rigides et secs en apparence, quoique vivants et pleins de sève douce. Arbres sans éclat dont les oiseaux se méfient à première vue, arbres sans odeur que les insectes fuient, mais qui dès le printemps se remettent à fleurir. Cependant, Jean, malade et désorienté par sa tragique mésaventure, n'éprouvait nulle envie de se rapprocher de son père afin de discuter et de s'expliquer. Et Aimable ne vint pas non plus prendre de ses nouvelles…

Vers sept heures, alors que Fernande préparait le dîner, des bribes de phrases parvinrent à Jean. Telles des vagues se fracassant sur les rochers, des paroles dures vinrent blesser la douceur de la nuit, écorchant le jeune homme : « Il n'a qu'à rentrer chez lui… Ne nous mêlons pas de ses affaires ! Li l'a rodé, li l'a gagné. Quand li l'a parti couri, li l'a pa domand a ou lèr. Asteur, débrouille a li[1]! »

Muette, le cœur gonflé, Fernande s'activait. Jean devinait, au milieu du tumulte des éclats de voix, ses réponses plus faibles et son visage ravagé par la peine.

Peut-être se souvenait-elle, en ce moment, des autres nuits pendant lesquelles elle avait dû

---

[1] Il est seul responsable de ce qui lui arrive, qu'il prenne ses responsabilités !

défendre ses enfants en leur trouvant des circonstances atténuantes, des excuses non fondées ?

À huit ans, Jean avait fugué un soir pour ne rentrer que le lendemain matin après avoir dormi dans une ravine.

Toute la nuit, Aimable avait harcelé Fernande :

- Où se trouve Jean ? C'est toi qui lui as dit de partir pour lui épargner les travaux des champs, tu le protèges !

- Oui, avait-elle menti faiblement. Je l'ai envoyé en vacances quelques jours chez mes parents. Il est fatigué après cette année scolaire.

Elle ne voulait pas qu'Aimable sache la vérité, non pour lui épargner du souci, mais pour éviter sa fureur et la tempête que celle-ci allait engendrer. En fait, elle était rongée par l'inquiétude. Elle savait que les désespoirs d'enfant pouvaient les conduire très loin. Cependant, elle tentait de se rassurer. Elle pensait au fond d'elle-même que Jean était tout proche, qu'il était seulement allé se cacher quelque part, qu'il reviendrait.

- Ce fils est ton préféré. Va savoir pour quelle raison ! Il est grand et fort, il est capable de travailler comme les autres. Mais, voilà, tu l'aimes plus que les autres. Regarde-toi ! Tu souffres de son absence, tu n'en dors plus ! ...

- Non, gémissait Fernande en poussant sa peine tout au fond d'elle, je ne l'aime pas plus, mais il est seulement fatigué ! Tu n’as pas remarqué comme il a maigri ? Il a besoin de repos.

- C'est toi qui l'as rendu ainsi à force de le couver, de lui tenir la main, de le garder à côté de toi… Il doit rentrer ! Est-ce que je prends des vacances moi !

- Il est encore petit, protestait Fernande, et il a de jolies manières.

Elle laissait couler ses larmes. C'était vrai qu'elle ne le traitait pas comme ses autres enfants…

À la sortie de l'école, à quatre heures, il ne flânait pas. Pendant que les autres, le nez en l'air, suivaient des yeux la mouche charbon pour dépister son repaire, ou racontaient leur journée passée avec force commentaires bruyants, lui, grimpait les sentiers raides d’un pas rapide. Rouge, trempé de sueur, essoufflé, il arrivait le premier à la maison. Il se dirigeait vers Fernande qui cousait, l'embrassait et attendait. D'un tiroir de sa table à ouvrage, elle retirait une pièce de cinq francs et la lui glissait entre les doigts. Les autres, surgissant à ce moment-là, surprenaient le geste partial :

« Petit garçon cinq francs ! Pourri, gâté, petit garçon cinq francs ! »

Jean marmonnait quelques paroles inaudibles à leur intention, se dirigeait vers la boutique du chinois pour y acheter un macatia et du chocolat. Si l’un de ses frères lui proposait de l'y accompagner, il le repoussait d'un geste brutal.

À son retour, assis à côté de Fernande pour se protéger des harcèlements des autres, il dévorait son goûter. Eux continuaient :

« Petit garçon cinq francs ! … Et puis, on ne te montrera pas les œufs de bellier, puisque tu manges en prêtre, des œufs tout bleus avec des taches vertes, il y en a trois ! »

La mine renfrognée, l'enfant les dédaignait superbement. Ce pain sucré et ce chocolat avaient l'air bigrement bons et n'en finissaient pas de se faire manger ! …

« Laissez-le tranquille, il est petit, grondait Fernande. Vous, vous êtes grands, mangez des bananes et du pain. Il y a de la confiture de papaye et de goyavier dans le buffet ! »

Manger des bananes ! Elle en avait de bonnes ! Des centaines de ces fruits au parfum entêtant, piqués de taches de rousseur, agglutinés autour de la tige les attendaient effectivement. Les bananes et les confitures de toutes sortes confectionnées par Fernande : patates douces, manioc, fruits de saison … ils les auraient bien échangées contre du pain sucré tous les soirs et du chocolat enroulé dans du papier d'argent ! Mais ils n'avaient pas choisi leur rang de naissance …

Ils se vengeaient alors comme ils le pouvaient:

« La nuit, tu dors les yeux ouverts, tu ronfles, ta bouche écume, tu nous fais peur… »

Jean réalisait ce soir que l'histoire se répétait avec les mêmes personnages enfermés dans leur rôle. Le temps n'avait pas eu de prise sur eux... Étaient-ils condamnés à jouer jusqu'au bout les mêmes scènes ainsi que des acteurs en mal d'inspiration ?

Alors, à l'ombre de cette chambre qui les avait vus, ses frères et lui, grandir, rire et se chamailler, il pleura d'impuissance devant le pouvoir incommensurable de l'incompréhension.

Le lendemain, lorsqu'il fit part à Fernande de son désir de partir, elle ne le retint pas.

Point n'était besoin de mentir.

- Où vas-tu aller ?

- Chez moi.

Dans l'appartement, Fernande dut faire le ménage. Les murs maculés ne se laissaient pas nettoyer aisément. Des sillons noirs, jaunâtres y étaient imprimés à jamais. Elle entassa tout ce qui avait été si funestement souillé afin de le brûler. Au bout de deux bonnes heures, elle parvint à donner au logis un air convenable.

Mais lorsqu'elle fut partie, l'idée de la solitude parut insoutenable à Jean. Tous les êtres effrayants qui l'avaient entouré pendant cette terrible nuit étaient à nouveau présents : convives impalpables surgis simultanément des murs salis, des meubles cassés et des odeurs tenaces. Créatures qu'Aurélie avait invitées pour la remplacer et que

Fernande n'avait pu chasser à coups d'éponge et d'eau de Javel. La chambre entière contenait un chœur de voix et de huées. Le lit déformé ricanait dans la pénombre. Le long des cloisons mutilées rampaient des formes indéfinissables, glauques, sournoises. Jean alluma toutes les lumières sitôt que la nuit fut complète dans l'espoir que ces fantômes soient tranchés net. Mais en vain, ils reparaissaient !

Partout où il essaya de se réfugier, dans la cuisine, dans le bureau, dans la salle de bains, il sentit leurs frôlements, il entendit leurs sifflements… Ils grouillaient autour de lui en le conspuant. Tel un homme jeté dans une fosse aux serpents, il n'osait plus bouger. En tremblant, il saisit le téléphone, composa plusieurs numéros, ceux de ses frères et sœurs :

- Non, Jean… Il est tard maintenant ! … Avale un calmant et essaie de dormir. C'est le contrecoup du choc ! Normal ! Ça passera ! …

- Non, Jean, nous ne pouvons pas venir à cette heure ! Essaie de dormir… Demain matin, nous irons te voir !

- J'ai eu une dure journée… Je viens de rentrer. Tâche de dormir… Mais tu ne risques rien chez toi !

- Demain, nous viendrons. Ton esprit fatigué te joue des tours… Une bonne nuit de sommeil et tout sera oublié !

- Demain matin…

Demain, demain, oublier, dormir…

Voix ensommeillées, consolatrices, compatissantes…

Frères et sœurs dérangés par la sonnerie du téléphone et les appels de détresse…

Mais où donc étaient-ils passés ceux qui s'étaient amusés avec lui, ceux qui avaient partagé sa joie le jour de son mariage ? Maintenant qu'allait-il faire de toute cette affliction ? Qui allait l'aider à s'en défaire ? Qui le débarrasserait cette nuit du fardeau d'angoisse qui l'écrasait ? Seul, il n'y parviendrait jamais… Et demain était beaucoup trop loin ! …

Finalement, terrassé par la fatigue et la fièvre, il s'allongea dans un fauteuil et s'endormit profondément…

Une clochette le tira de son sommeil. D'abord, elle fit entendre dans le lointain une voix étouffée. Puis, elle se rapprocha en s'amplifiant. Les notes grêles vinrent heurter la porte d'entrée, hésitèrent, s'immobilisèrent en continuant à résonner dans l'obscurité. Jean, tremblant, se réveilla tout à fait. Alors, la boule sonore s'éloigna à grande vitesse et s'évanouit… À plusieurs reprises, ses paupières s'alourdirent. Mais dès qu'il fermait les yeux, le tintement revenait à toute allure, s'engouffrait dans l'escalier, se postait derrière la porte de l'appartement, le harcelait jusqu'à ce que ses tympans, au paroxysme de l'irritation, n'en puissent plus. Il restait éveillé quelques secondes, la tête bourdonnante, tentait de garder les yeux ouverts, puis basculait dans le sommeil, vaincu.

Une fois, il fut projeté dans un univers inquiétant. Une cacophonie indescriptible y régnait. Des inconnus passaient près de lui, l'observaient derrière leurs voiles noirs puis se dissolvaient dans l'air opaque. Des images atroces se formaient dans son cerveau en feu : un oiseau égorgé se débattant, un tas d'os blanchis posé sur un sol de terre battue ou encore un grouillement de vers qu'il tentait alors d'extirper d'une de ses jambes. Au prix de grands efforts, il essayait d'ouvrir les yeux pour les chasser, mais en vain ! « Ne pas dormir », qu'il se répétait sans arrêt, était au-dessus de ses forces. Les jaillissements formidables de lumière provenant des lampes électriques, des plafonniers, des ampoules de tout l'appartement ne parvenaient pas à le rassurer. Au contraire, il ne devenait que plus visible pour les êtres malfaisants qui l'entouraient et donc plus exposé. Pourtant, il ne pouvait envisager de rester dans l'obscurité… De toute façon, il n'aurait pu se déplacer pour appuyer sur les commutateurs : son corps engourdi semblait prisonnier d'une chape de plomb… Son cerveau seul était en éveil, livré à toutes ces images torturantes.

À un moment, à force de lutter, il réussit à se dégager du poids immense qui le maintenait couché. Il se leva d'un coup pour ôter toute chance à ses ennemis. D'ailleurs, ils avaient disparu… Mais lui était disloqué, tel un homme qui vient d'être piétiné par une foule.

Il rassembla quelques rares affaires épargnées qu'il rangea dans un sac. Il éteignit les lumières. Parce que ses membres étaient endoloris et qu'il avait très peur, il descendit lentement les marches menant au parking. Là, il plaça le sac dans le coffre de sa voiture avant de verrouiller celle-ci, comptant la reprendre plus tard. Il leva les yeux vers l'appartement, le fixa longuement…

Nul ne se doutait que derrière ces volets clos impeccablement, une tragédie s'était déroulée ; la mort, flanquée de ses macabres acolytes, y avait rôdé. Il s'éloigna vite de l'immeuble dressé comme une menace. Le bruit de ses pas martelant le gravier recouvrit les stridulations des grillons. La cloche de l'église voisine sonna onze coups… L'obscurité l'enveloppa, dense et muette. Nuit toujours présente…

Sa première nuit sur terre s'était passée auprès d'un père tourmenté et dans une nature en détresse.

Ensuite étaient venues les nuits sans sommeil peuplées de figures érotiques dansant dans la lumière artificielle et les fumées de cigarettes : nuits alliées.

Puis, ce fut cette nuit fourbe et cachottière qui lui avait conseillé d'épouser Aurélie.

Puis, encore toutes celles qui avaient suivi, complices, entremetteuses.

Jusqu'à cette nuit vengeresse, exterminatrice, suivie d'une nuit salvatrice chez madame Pausé.

Et aujourd'hui à nouveau, une nuit terrible l'avait attendu chez lui. Elle avait poussé sa peur à un tel degré que son esprit en délire avait engendré des êtres morbides…

Quelquefois, l'être humain qui se sent perdu appelle au secours. Tandis que les autres hommes restent aveugles et sourds, la mort seule lui répond. À défaut d'espoir, elle lui offre la délivrance. Comme celle-ci paraît douce, il l'accepte.

Avant de sonner à la porte de la mort, Jean se rendit chez la dernière personne qui pouvait lui tendre les bras, chez cette étrangère qui ressemblait à la Terre avec son écorce dure et son cœur brûlant.

11

Le vieux portail au bout de l'allée grinça.

« Qui peut bien venir à cette heure ? » se demanda madame Pausé. Elle écarta les rideaux. La nuit épaisse s'agitait dans les branches.

Depuis quelques jours, elle dormait moins. Elle se couchait après avoir regardé la télévision, mais le sommeil la délaissait. Alors, elle se levait et se plongeait dans ses livres de litanies. L'au-delà n'accorde ses bienfaits qu'à ceux qui savent supplier… Demander la guérison de Jean nécessitait des nuits presque entières d'invocations. Ayant eu un pied dans la tombe, il était très lourd à relever. Il fallait une très grande force pour le tirer de là : il n'y avait que des prières répétées et d'incessantes obsécrations qui pouvaient la lui donner. C'était le prix à payer. Tant qu'elle n'aurait pas tout réglé, elle ne trouverait pas le repos.

Plus tard, elle dirait :

« Parfois une personne vous supplie de l'aider ; vous le faites et elle s'en va. Ensuite, elle vous oublie ou pire encore vous accable de reproches. Elle ne saura jamais la peine que vous avez prise pour la soulager de ses maux. »

Le visiteur tentait de verrouiller le portail, mais manifestement n'y parvenait pas. Il ramassa un caillou, le posa contre l'un des battants pour l'immobiliser.

L'encre de la nuit estompait ses traits. Non, ce n'était ni Madeleine ni l'un de ses fils. Elle avait déjà ouvert la porte d'entrée quand elle s'en rendit compte. Il était trop tard pour la refermer, d'autant plus qu'elle reconnut la silhouette qui titubait entre les manguiers du jardin. Jean s'accrochait aux branches de jasmin. Les fleurs dérangées jetaient leurs parfums à son visage. Quelques troncs de papayers lui servaient d'appui. Il trébucha à deux reprises contre des pierres saillantes.

« Il faudra que je fasse enlever ces pierres », songea madame Pausé.

En tâtonnant, il atteignit la porte qui découpait son carré lumineux dans les ténèbres. Il s'appuya contre le chambranle en bois massif et mal équarri, reprit son souffle et lui dit d'une traite :

- Je ne sais où aller. Est-ce que je peux rester chez vous quelques jours ? Seul chez moi, j'ai trop peur.

Bien qu'il fût plus grand qu'elle, il paraissait tout à coup frêle. De profil, il devait ressembler à une grande carcasse décharnée tant il était voûté et maigre. Sur son visage planait l'ombre d'un désarroi sans bornes. Tous ses sens étaient tendus vers elle, prêts à capter le moindre geste amical, la moindre parole accueillante et rassurante. Devant elle se tenait non plus un homme, mais un chien perdu, malade et désespéré. Elle eut pitié de lui …

Elle lui désigna un fauteuil et ferma la porte au nez de la nuit. Cette dernière n'avait qu'à aller errer ailleurs !

Jean sanglota comme un enfant, sans retenue. Elle le laissa faire.

Elle l'installa dans la même chambre, lui donna une infusion et un calmant. Il s'endormit aussitôt. Malgré la fièvre qui le tenaillait, ce fut sa première nuit de vrai repos depuis longtemps.

- Garde ce garçon auprès de toi et sauve-le! Comme toi, il possède le pouvoir de guérir et de voir, pouvoir qu'il a reçu de ses ancêtres. Dans trois ans, il sera prêt.

- Mais c'est une lourde responsabilité et je suis âgée !

- Il a bon cœur. Tu n'auras pas à te plaindre de lui.

Madame Pausé ne discuta plus. Les premiers temps, elle en perdit le sommeil et l'appétit. Puis elle se résigna et accepta cette charge.

12

« Tout est clair, maman ! » Madeleine repoussa vivement la tasse qui faillit tomber. Madame Pausé finit son café et garda la sienne au creux de sa main. La chaleur du fond se diffusa à travers ses doigts. Quand sa fille s'énervait ainsi, elle préférait se taire. Madeleine était rouge de fureur, ses lèvres tremblaient sous les efforts qu'elle faisait pour retenir ses larmes. Ses yeux en étaient noyés tandis qu'elle fixait par la fenêtre un point imaginaire à l'horizon. Elle pliait et dépliait nerveusement un coin de la nappe.

- Cela fait un mois qu'il est dans ma chambre, qu’il habite chez nous ! finit-elle par éclater, un sanglot dans la voix. Je voudrais venir me reposer quelques jours ici. C'est impossible ! Et si je décidais de revenir définitivement à la maison?

- Tu peux le faire Madeleine !

- Ah oui ! Vraiment ? Je le croise partout ici : dans le couloir, dans la cuisine, dans le salon... La maison est devenue un hôtel. On dirait qu’il est chez lui. Tiens, tu es pressée de finir ton café. Et pour quelle raison ? Avoue que tu dois aller t'occuper de ses affaires !

C'était la première fois que la jeune fille explosait véritablement au sujet de Jean depuis que celui-ci s'était installé chez sa mère.

Quand, en arrivant un jour, elle l'avait aperçu étendu dans son lit, elle avait jugé la situation grotesque, mais elle s'était dit qu'il n'allait pas rester longtemps. Par le passé, il était souvent arrivé à madame Pausé d'accueillir chez elle des malades dont l'état nécessitait des soins constants. La maison ressemblait alors à un hôpital et les enfants devaient faire moins de bruit. Leur mère s'affairait comme une infirmière et les oubliait un peu. Ce qui n'était pas pour leur déplaire totalement… Mais aujourd'hui, la situation était différente du fait même de l'identité du pensionnaire. Il s'agissait d'un homme pour lequel elle avait failli quitter Axel, un homme par lequel elle s'était sentie attirée comme jamais elle ne l'avait été. Un homme qui était marié et qui l'avait trompée en quelque sorte !

Madame Pausé lui proposa une autre chambre désaffectée depuis longtemps. Elle pâlit:

- Non, tu sais bien que je tiens à mes affaires! Il est dans mes meubles, il s'est approprié mes objets personnels. Mais apparemment, tu me mets dehors, il a pris ma place, tu n'as plus besoin de moi ici.

- Il est arrivé à l'improviste une nuit, se justifia-t-elle ; il n'y avait que ta chambre de propre et de disponible. C'est la seule raison ! Mes enfants seront toujours mes enfants, ne dis pas de bêtises !

- Regarde-toi ! Tu as maigri. Tu es fatiguée. Tu passes ton temps à le soigner !

- C'est parce qu'il est malade, Madeleine ! répondit-elle. Puis, après une pause : j'ai promis de le guérir, je ne peux plus reculer ; si je l'abandonne, il va mourir. Et, il vaut mieux que tu le saches, sa guérison sera longue !

- Et moi, dans cette histoire ? Tu rencontres un inconnu, tu le gardes chez toi et tu rejettes tes propres enfants !

- Je n'ai rejeté personne ! répondit-elle durement en la fixant. J'ai seulement recueilli quelqu'un qui était dans la détresse ! Il y a de la place pour tous auprès de moi. D'ailleurs, je te rappelle que si j'ai rencontré ce garçon, c'est parce que tu entretenais une liaison avec lui. C'est toi qui l'as conduit à moi.

- Je ne savais pas qu'il était marié. Je pensais qu'il vivait avec elle, un peu comme Axel et moi, rien de tout à fait définitif… répondit-elle, la voix brisée.

Le soleil, en ce début d'après-midi, inondait la cuisine. Quelques insectes légers comme l'air, flottaient, insaisissables, silencieux.

Soudain, madame Pausé repoussa sa chaise, tapa le poing sur la table. La nappe à carreaux frissonna, faisant vaciller l'ombre des tasses. La porcelaine émit un léger tintement.

- Cette maison est d'abord la mienne ! Cet homme a besoin de moi. Il restera ici tout le temps nécessaire, que tu le veuilles ou non ! Mon état de santé ne regarde que moi !

Comme la jeune fille se levait, elle la retint par le bras. Les insectes en suspension dans la lumière s'écartèrent brusquement :

- Cette maison est ouverte à tous ceux qui désirent me voir, mais aucun de mes enfants n'a d'ordre à me donner ! Le branche i commande pas le tronc.

Trois autres de ses enfants l'avaient appelée de la métropole la semaine précédente :

- Mais maman ! Es-tu devenue folle ?

- Mais maman ! Qu'est-ce qui t'arrive ? Que vont dire les gens ?

- Si tu crains la solitude, maman, viens passer deux mois à la maison. Les enfants seront ravis. C'est bientôt l'anniversaire de Carole. Tu sais que la place ne manque pas.

Elle les avait rassurés en contenant sa colère : « Quand il sera guéri, il repartira ! »

Comme une traînée de poudre, la nouvelle s'était répandue de Paris à Bordeaux en passant par Lorient, Vichy et Saint-Pierre. Sans arrêt, le téléphone sonnait. Les voix inquiètes se muèrent vite en appels énervés :

- Maman, c'est bientôt Noël, tu dois venir chez nous, tu ne l'as pas oublié au moins !

- Non, je ne l'ai pas oublié.

Il aurait été nécessaire qu'elle leur crie : « Je vous aime toujours, je pense à vous ! » Mais comme cela n'aurait pas suffi, elle ne disait rien. Qu'avaient-ils donc à la harceler ainsi ? Pour qui se prenaient-ils pour la traiter d'irresponsable, de démente ? Quelles sombres pensées les agitaient? Si au début, ils avaient pris des chemins détournés pour la mettre en garde contre cet étranger, contre les qu'en dira-t-on, bien vite ils laissèrent éclater leurs véritables pensées : il était évident qu'ils craignaient qu'elle soit atteinte de sénilité précoce.

La vieillesse est par elle-même un fardeau bien pénible ! Que ses enfants la prissent pour folle était une source de chagrin supplémentaire pour madame Pausé. Cela signifiait qu'elle était une vieille à leurs yeux, une vieille au cerveau dérangé alors qu'elle faisait partie de ces femmes qui tiennent à rester jeunes, qui ne laissent pas le temps imprimer sa marque sur leur visage. Elle se rendait régulièrement chez le coiffeur, s'habillait avec goût, protégeait sa peau, se fardait, se parfumait. Elle paraissait avoir la cinquantaine alors qu'elle allait fêter ses soixante-dix ans.

Plusieurs fois, son cœur se brisa et tandis qu'elle était assise au chevet de Jean, elle demandait à Dieu la force de tenir face aux sarcasmes et à la pitié méprisante des siens.

Cet après-midi là, Madeleine rentra à l'appartement qu'elle partageait avec Axel, tourmentée par un flot de sentiments tous plus affligeants les uns que les autres.

D'abord, sa mère était au courant de son aventure avec Jean. Connaissant depuis longtemps les dons de clairvoyance de madame Pausé, elle aurait dû réfléchir avant de les mettre l'un en face de l'autre. Toute émoustillée par ses nouveaux sentiments pour Jean, elle avait accompagné sa mère chez lui. Quelle coupable négligence ! Rien que d'y penser, elle se sentait envahie de honte. Désormais, revenir à la maison maternelle en présence du jeune homme lui paraissait difficilement réalisable.

Ensuite, elle se souvenait de la déception qu'elle avait ressentie lorsque, allant à un rendez-vous, elle n'avait pas trouvé Jean. Plus tard, bien sûr, elle avait compris ce qui s'était passé. Toutefois, à présent, lorsqu'ils se retrouvaient chez madame Pausé, ils se comportaient comme des étrangers et elle se sentait blessée par la froide attitude du jeune homme. Quant à l'indifférence feinte qu'elle affichait elle-même, elle était évidemment destinée à dissimuler son trouble car son cœur et son corps, malgré elle, s'affolaient en la présence du garçon. Des élans contradictoires la torturaient donc et la situation était intolérable.

De plus, elle en voulait secrètement à Jean de l'avoir privée d'une tendresse qu'il lui avait fait miroiter. Irrésistiblement attirée par lui, elle s'était mise à espérer, vibrant déjà pour une histoire d'amour naissante. Au moment où elle allait se jeter dans ses bras, il l'avait lâchée. Et pour comble d'ironie, il s'était accaparé sa chambre, son lit, sa mère. Il ressemblait à ces galopins qui après avoir donné un bonbon à un enfant le lui retirent en ricanant. La morsure de la désillusion la tenaillait sans cesse.

Enfin, elle reprochait à sa mère, uniquement préoccupée du sort de Jean, de ne pas sentir son désarroi. Madame Pausé ne lui posait aucune question concernant ses sentiments à elle. Elle lui demandait d'accepter la nouvelle situation et de s'abstenir de commentaires.

En arrivant ce matin-là, elle avait compté la faire fléchir. Mais la vieille dame qui avait dû prévoir l'objet de sa démarche était restée sur ses gardes.

Un autre sujet l'angoissait également : allait-elle parler de tout cela à Axel ? Si elle le faisait, elle ne pourrait plus évidemment se rendre chez sa mère que son compagnon critiquait déjà copieusement en temps normal. Axel serait jaloux de la savoir sous le même toit qu'un autre homme… Elle choisit de se taire pour le moment.

Elle comprenait qu'elle ne pouvait rien changer au déroulement des choses. C'était elle qui avait engendré toute cette étrange histoire en trouvant un autre fils à sa mère. Il ne lui restait plus qu'à oublier vite ce mauvais conte déjà fortement teinté de malédiction.

Elle était encore en train de songer à son infortune lorsqu'Axel rentra ce soir-là.

- Je te croyais chez ta mère !

- J'ai changé d'avis. Maman est très occupée en ce moment. J'irai la voir un autre jour !

13

Maintenant qu'il s'était installé chez madame Pausé, après avoir rendu son appartement, Jean avait recommencé à travailler. Il se sentait en sécurité chez la vieille dame. Bienfaitrice et protégé s'accommodaient parfaitement de leur nouvelle vie, faisant la sourde oreille aux propos réprobateurs de leur entourage. Même s'il n'était pas tout à fait rétabli, Jean avait récupéré en partie ses forces et pouvait au moins faire acte de présence sur son lieu de travail.

Pourtant, en rentrant le soir, il se plaignait toujours de douleurs au ventre, de migraines, de malaises indéfinis. Quand il n'était pas la proie d'insomnies, c'étaient des cauchemars qui le prenaient, le projetant dans des enfers insondables, le laissant pantelant, suant, fracassé au bord de son lit. Alors, il se levait et priait comme le lui avait conseillé madame Pausé, mais les puissances destructrices revenaient chaque nuit pour le tourmenter. Et chaque matin le retrouvait fatigué. Quelquefois, ne parvenant pas à se débarrasser de la lassitude qui l'assommait impitoyablement, il ne se levait pas pour se rendre au travail, puis quand il pouvait enfin quitter son lit, il demeurait prostré toute la journée, privé de ressort et d'énergie.

Madame Pausé lui expliqua que les sortilèges lancés contre lui par Aurélie le poursuivaient partout et en particulier sur son lieu de travail qui était le nerf de sa vie. Il convenait donc de s'en débarrasser au plus vite.

Un dimanche matin, profitant de l'absence des employées, ils se rendirent au salon afin de le « nettoyer ». À grands seaux d'eau de mer, ils lavèrent tant et si bien les murs et le sol de la pièce que celle-ci troqua ses parfums de laque contre des relents de marée. Cette transformation les fit rire tous les deux :

- Comment vais-je expliquer ce mystère à mes employées ? s'inquiéta Jean.

- Ce nettoyage était nécessaire, lui dit madame Pausé. Quand je suis entrée ici tout à l'heure, je n'y ai vu que des messages de haine et de vengeance incrustés sur les murs. C'étaient eux qui étaient chargés de te détruire à petit feu, c'étaient eux que tu rapportais chaque soir à la maison. Tu les traînais derrière toi comme des boulets.

Après avoir aspergé le salon d'eau bénite, ils brûlèrent des bougies et de l'encens pour parfaire la purification du lieu. Une petite croix, une médaille représentant Saint Benoît et un rameau bénit furent placés dans un coin, invisibles, derrière des flacons de shampooing.

Avant de s'en aller, ils prononcèrent des prières destinées à chasser les mauvais esprits.

Un huissier avait constaté les faits retenus contre Aurélie : déprédations commises dans l'appartement et abandon du domicile conjugal, afin d'introduire une procédure de divorce. Evidemment, Jean ne lui parla pas du maléfice parce que ce genre de méfait n'étant pas rationnel, ne s'appelle ni délit, ni crime. C'est une sorte d'idée inquiétante, sans forme précise, entourée de mystères et difficile à cerner qui prête plus à sourire qu'à considération sérieuse.

En outre, il était trop brisé pour pouvoir démêler les divers sentiments qui l'agitaient : désillusion, culpabilité, responsabilité, horreur… Il ne souhaitait pas non plus étaler sa misère au grand jour pour la donner en pâture à tout le monde et devenir la risée de tous. Tous ceux qui n'avaient rien à se reprocher auraient connu à travers sa triste aventure le goût du malheur et le salaire du péché, et s'en seraient gaussés. Il n'avait pas besoin des avis et des commentaires des autres pour évaluer la force de sa douleur. La traîtrise et la barbarie de sa femme l'avaient atteint et le jugement d'autrui n'y aurait rien changé.

De son côté, Aurélie ne fit part à personne des circonstances malheureuses dans lesquelles sa vie de couple avait pris fin. Elle portait seule, son lourd secret.

Pourtant, elle s'était adressée pour ce « travail » à quelqu'un de renommé à qui elle avait remis huit mille francs. En échange d'une photo de Jean et de quelques brins de ses cheveux, l'homme lui avait promis la mort lente pour le mari infidèle : perte de ses clients, fermeture de son salon, santé désastreuse, dégoût de la vie, solitude, suicide peut-être. Plus aucune femme ne s'intéresserait à lui.

Dans le hall de réception de l’hôtel, sa silhouette menue ressemblait à une ombre à la fois inconsistante et très présente.

Plus que jamais, elle paraissait mystérieuse.

Elle s'était ratatinée un peu en apprenant l'échec lamentable de son projet.

Ce traître avait survécu ! Par quel miracle s'en était-il sorti ? Quelle main providentielle l'avait sauvé ?

Le fardeau de la déception était plus lourd que celui de la peur d'être dénoncée ou que celui du remords.

Elle était allée jusqu'au bout de son désir fou: donner la mort. Cet homme qu’elle avait aimé, qui avait fait partie de sa vie devait être anéanti pour qu'elle-même puisse l'oublier et vivre. Partir n'était pas une solution satisfaisante. Il fallait que

Jean se transforme en néant absolu pour qu'elle puisse respirer librement.

14

Une fin d'après-midi tiède s'étirait sous les badamiers. De temps en temps, une feuille, telle une flammèche, se détachait des imposantes ramures, tournoyait avant de se poser. Le sol embrasé de jaune et de roux bruissait doucement sous l'haleine d'une faible brise. On aurait dit une grande aire rougeoyante qui attendait une procession de marcheurs sur le feu. Des enfants écrasaient les gros fruits juteux entre deux cailloux pour en extraire l'amande ; d'autres en suçaient la pulpe, rousse comme les feuilles ; des jeunes gens, assis sur les racines, devisaient sous les épais ombrages…

Le temps et le lieu portaient à la rêverie. Tout était empreint de douceur tranquille… Tous les ans, pendant un laps de temps très court, un semblant d'automne planait ainsi sur l'île. Pour l'apercevoir, il fallait muser, le nez en l'air, ou bien flâner, ou bien comme aujourd'hui, regarder le ciel, étendu sous la nue. Alors seulement, on remarquait que le fond de l'air était moins chaud, que les troncs s'assoupissaient un peu, que des branches paressaient. Les lézards, les caméléons, les oiseaux, encouragés par la clémence des températures se montraient plus. Si on s'allongeait, l'oreille contre terre, on percevait le silence paralysant les racines.

Une lumière couleur de miel filtrait à travers les feuillages, s'épandait sur les jambes, les bras, les visages. Les yeux de tous ceux qui étaient là en étaient remplis ; il ne s'agissait pas de lumière pétillante, mais plutôt de lueur douce qui faisait croire à ce moment-là qu'un grand bonheur emplissait les cœurs.

Madame Pausé étendit ses jambes qu'elle offrit à la caresse du soleil. Elle recommanda à Jean :

- Pousse-toi un peu plus à gauche pour que ta tête soit à l'ombre. Par contre, laisse ton ventre par là. Il y a plus de chaleur.

- Je voudrais être complètement à l'ombre. Ce soleil me fatigue. Et j'ai un peu envie de vomir ! gémit-il.

- On va rentrer, il est tard.

Elle attendit un peu avant de ranger les restes du pique-nique car au fond d'elle-même, elle pensait :

« L'air est bon, cela ne peut que lui faire du bien. Il semble moins accablé lorsqu'on est là, au-dehors. »

Jean vivait chez elle depuis plusieurs mois maintenant. L'été touchait à sa fin et elle comptait beaucoup sur la saison fraîche qui devait, d'après elle, redonner sa santé au garçon.

- Tes couleurs reviennent. C'est bon signe.

- Vraiment ? Vous pensez que je guérirai vite ?

- Vite ! Non ! Mais tu guériras. Tu ne dois pas être pressé. Qu'est-ce qui te presse tant ? demanda-t-elle en riant. Laisse venir les choses à leur rythme.

Il sourit. Il la connaissait assez bien maintenant pour apprécier ses provocations.

- Il faut rire tant que tu peux, mon garçon ! C'est un bon remède ! On riait beaucoup lorsque j'étais jeune. On savait travailler dur, mais on savait s'amuser aussi : les bals sous la salle verte, les repas de famille, les mariages et les rogatons qui duraient plusieurs jours. Là-haut à Salazie, les distractions ne manquaient pas ! Le dimanche, l'orchestre en cuivre dans lequel mon père jouait du violon faisait péter la musique et, en avant pour les bals la poussière !

Ses yeux s'éclairaient. Jean l'imaginait sans peine chantant et virevoltant jusqu'à l'aube.

- J'avais neuf ans lorsque, pour la première fois, je suis allée danser. C'est mon père qui m'y a accompagnée. C'est lui qui m'a appris à valser. Il aimait la fête.

- Chez nous, on dansait rarement, lui dit Jean. Mon père ne nous conduisait pas souvent à des fêtes, ajouta-t-il dans un soupir.

Il s'adossa confortablement au tronc d'un badamier pour laisser remonter un de ces affligeants souvenirs qui avaient marqué son enfance.

- Raconte, l'encouragea madame Pausé, ne garde pas éternellement tes souffrances en toi. Pour en guérir, il faut les évacuer.

C'était un jour de l'an morne comme un temps de pluie. Il avait cinq ans. Ce matin-là, les paupières rougies et gonflées à force d'insomnie, le visage gris et creusé aux joues comme une pierre sucée par le temps, Fernande bousculait doucement les enfants qui se préparaient à aller passer la journée chez leurs grands-parents. Lui-même Jean avait refusé de les accompagner pour rester près de sa mère. Il ne s'était pas fait traiter cette fois de « petit garçon dans les jupes de sa maman ».

Pourtant, il s'était amusé l'année précédente, et cette année encore, il avait, comme ses frères, attendu secrètement ce jour. Tous les cousins, les oncles, les tantes apporteraient une animation inhabituelle dans la maison. On avait déjà tué le cochon ; les sacs de letchis étaient gonflés ; les pâtés créoles fourrés à la viande cuisaient dans les marmites enfouies sous la braise. Et puis, les grands avaient caché des cadeaux, des bonbons, des pièces qu'ils distribueraient au moment des vœux.

Mais la veille, à l'heure de se coucher, les enfants avaient vu réapparaître en travers du front de leur père la grande ride grise qu'ils connaissaient si bien. Qui l'avait dessinée ? Pour quelle raison était-elle là, précisément en ce jour où leur mère aurait pu se distraire en bavardant avec ses sœurs et en découpant les gâteaux ? On allait rire et siroter les minuscules verres d'anisette sans elle ! On allait s'embrasser et elle serait absente…

Alors, au matin, personne ne fut pressé d'aller regarder de près ce jour nouveau qui pointait entre les feuillages des arbres. Les enfants semblaient engourdis, on aurait dit qu'une force les maintenait au lit.

Finalement, ils s'étaient levés. Mais, cette ride grise s'était imprimée dans leur mémoire. Il allait falloir l'affronter et ils se sentaient défaillir à cette idée.

Ensuite ils s'étaient habillés avec des gestes lents et tremblants. Blêmes, moites d'inquiétude, ils ressemblaient à des malades qui essaient de retarder l'arrivée de la mort.

Ils avaient lu des récits de jour de l'an : des enfants impatients, pieds nus, en chemise, couraient dans la maison à la recherche des parents, dévalaient les escaliers au risque de se rompre le cou, se précipitaient vers des bras ouverts et chauds, donnaient des baisers sonores, recevaient des baisers, disaient des phrases douces et riaient et riaient… Et la tendresse débordait de la maison, s'étalait sur l'herbe du jardin. Ces enfants s'y rouleraient toute l'année…

D'où venait donc cette angoisse qui les étreignait ? On n'entendait plus que le tic-tac du réveil, martelant l'air comme un gong dont les vibrations se répercutaient dans les têtes.

Des faces aux sourires pâles étaient parvenues finalement à articuler : « Papa, maman, bonne année, bonne santé, prospérité et bonheur ».

Fernande leur avait donné à tous un léger baiser comme si elle ne voulait pas qu'ils sentent le poids de sa tristesse. Aimable, après les avoir également embrassés, les avait houspillés un peu : « Dépêche a zot et allez pas fait le désordeur là-bas ! »

Après le départ des enfants, elle s'était dirigée vers son atelier pour terminer un ouvrage. Jean n'avait donc pas voulu la laisser seule dans la maison sans enfants face à son père qui montrait un visage maussade, on ne savait trop pourquoi. L'enfant craignait que tout le jour sa mère ne parvienne à se délivrer de sa tristesse, qu'elle traîne ses pas comme une âme en peine, que, abasourdie par le silence de la maison, elle aille droit devant elle à la recherche d'un lieu accueillant et que ne le trouvant pas, elle finisse par se perdre. Et il redoutait de la perdre : elle était le fil qui le rattachait à la vie.

Il était donc resté auprès d'elle, lui avait raconté des histoires, l'avait aidé à préparer le déjeuner. L'après-midi, Fernande avait paru plus détendue, plus souriante. Ils avaient dégusté des mangues, puis avaient feuilleté des magazines. Vers cinq heures, ils s'étaient installés à l'ombre fraîche du manguier en attendant le retour des autres. Aimable qui s'était débarrassé de ses soucis était même venu s'asseoir auprès d'eux, le visage radouci... Mais un peu tard, car la fête était finie.

Longtemps encore, Jean parla de tous ces divertissements auxquels Fernande n'avait pas participé, de toutes ces années plates, monotones, pendant lesquelles elle n'avait pas eu l'occasion de chanter.

« Eh oui ! Pourtant, rire et chanter sont aussi nécessaires que respirer, disait madame Pausé. Cela aide à vivre ! Souvent les gens s'imaginent que la bonne humeur, la joie, le plaisir, sont incompatibles avec l'esprit de sérieux. Ils ont tort. »

Sa voix était bonne et ses paroles pleines de sagesse. Tout ce qu'elle lui révélait découlait du bon sens. Il pensait en l'écoutant : « C'est vrai! » Il avait l'impression de découvrir des vérités évidentes à tout moment.

Dès qu'ils le pouvaient, ils sortaient se promener quelques heures. Ils en profitaient pour ramasser telle herbe ou telle racine rare ; ils recueillaient l'eau d'une source. Quelquefois, le dimanche, elle lui annonçait :

« Allez, on va s'offrir un petit pique-nique aujourd'hui ! Dans les hauts, pour prendre l'air ! »

Jean trouvait son idée excellente. Lui-même n'y aurait pas pensé. Il était toujours étonné quand il l'entendait clamer :

« Il fait beau ! Nous avons peiné toute la semaine. Allons nous promener et jeter nos soucis au diable ! Il faut profiter de la vie ! Elle est tellement courte ! »

Madame Pausé était ainsi, toujours prête à tout avec le même entrain. « Allons prier maintenant, mon garçon ! » était prononcé sur le même ton que « Allons manger au bord de la mer ! »

Cela semblait si facile ! Il pensait que s'il avait entendu de telles phrases pendant son enfance, sa vie aurait été différente.

« Non, corrigeait la vieille dame, ne reproche rien à ton enfance ou à tes parents, ces derniers ont agi comme ils ont cru bon agir. Ton père n'a pas pu te donner ce que lui même n'avait pas reçu !… »

15

Très vite, après ses réticences du début, madame Pausé avait accepté ce qui lui avait été demandé : racheter la vie de Jean et, au fil des jours, au lieu de paraître contraignant, ce devoir s'apparentait au devoir maternel, celui qui consiste à nourrir l'enfant, à soigner ses bobos, à apaiser ses craintes. Elle lui dirait plus tard :

« Le véritable amour, ce n'est pas « je t'aime, je t'aime », c'est être présent lorsque l'autre souffre dans sa chair ou dans son âme, c'est l'accepter comme il est, même si la maladie a dévoré sa beauté et l'éclat de ses yeux. Le cœur aimant est celui de l'être capable de s'asseoir au chevet de celui ou de celle qu'il déclare aimer, pendant des nuits et des nuits. Il est facile de chérir quelqu'un qui est rayonnant de santé, plus difficile de l'adorer s'il devient souffreteux et blême ». Et elle ajoutait : « Lorsque tu rencontreras une autre femme, efforce-toi de tomber malade une fois pour tester ses sentiments. »

Cette dernière recommandation les faisait rire tous les deux.

Parfois, il allait rendre visite à ses parents et en revenait affligé. Le pas lourd, les épaules voûtées, les traits ravagés, il se taisait. Madame Pausé devinait les raisons de cet accablement.

- Viens près de moi et pleure. On n'est jamais trop grand pour pleurer ! Vide-toi de ton chagrin!

- Ils m'ont tous abandonné, murmurait-il. À part ma mère, toute la famille me traite de fou. Je suis la risée de mes frères ; mon père ne m'adresse presque plus la parole ; tous me jugent. On ne m'invite même plus aux réunions de famille comme si j'étais un paria.

- Un jour, ils reconnaîtront leur erreur. Ici, tu es chez toi.

Et le visage dans les mains, il pleurait comme un enfant. Elle lui caressait les cheveux en attendant que sa peine soit tarie.

Lorsqu'il était malade la nuit, il l'appelait. Elle se levait aussitôt, s'asseyait auprès de lui, lui prenait le pouls, posait sa main fraîche sur son front.

Ensuite, elle priait pour savoir quels remèdes utiliser. Ceux qui la conseillaient ne se souciaient pas de savoir quel temps il faisait, à quel moment du jour on se trouvait, si l'ingrédient nécessaire était à portée de main dans la maison, dans le jardin, ou à plusieurs kilomètres dans un endroit presque inaccessible. Ils lui indiquaient la recette et elle obéissait, la nuit comme le jour, qu'il pleuve ou qu'il vente, sans discuter.

« La médecine traditionnelle ne suffit pas. Cet homme devrait être mort déjà. Mais il vivra si tu agis selon nos conseils ! »

Cette idée qui lui avait été révélée dès le début s'était imprimée dans sa mémoire.

De toute façon, elle n'avait d'autre choix que celui d'obéir.

« Je suis obligée de te soigner, disait-elle. Si je refusais de le faire, je serais tourmentée, je ne parviendrais pas à trouver le sommeil, j'aurais l'impression de tourner en rond dans le brouillard. Mon travail n'avancerait pas, mes idées seraient confuses. Ceux qui comme moi, ont été « choisis » ont le devoir de s'acquitter de leur mission : soulager ceux qui sont dans le malheur. Dure et lourde responsabilité ! »

Elle lui expliquait encore :

- Nous sommes toujours guidés par l'au-delà dans cette mission. En aucune façon, nous n'agissons selon notre propre initiative.

- Mais qu'est-ce que c'est l'au-delà ? demandait Jean.

- Il y a trois mondes, lui répondait madame Pausé. Le monde des vivants qui est le nôtre, le monde supraterrestre des esprits qui est celui des disparus et le monde divin. C'est par l'intermédiaire de Dieu que nous accédons au monde des disparus.

- Mais que faites-vous pour cela ?

- Pour entrer en communication avec un disparu, je prie. Dieu l'autorise à m'inspirer. Alors, il me guide, il me fait voir l'invisible, il me donne « la connaissance ». Mais il peut m'arriver aussi d'entrer en contact malgré moi avec des esprits, c'est ce qui s'est passé la première fois que je t'ai rencontré au salon.

- D'où vous vient ce pouvoir ?

- Mon grand-père était voyant, médium guérisseur. Je tiens ce pouvoir de lui. Toute jeune déjà, j'avais le don de voyance ; et puis, sans qu'on me l'ait appris, je savais préparer une infusion pour un malade, faire des passes qui guérissaient, soulager quelqu'un du seul fait de ma présence. Peu à peu, les voisins ont pris l'habitude de venir me consulter afin d'obtenir des conseils. Avant d'entreprendre quoi que ce soit, mes proches prenaient toujours mon avis. J'étais ce que l'on appelle une enfant raisonnable, mûre ; on pouvait se fier à ce que je disais. Quelquefois même, je donnais mon avis sur un sujet évoqué devant moi, sans qu'on me le demande. Cela pouvait irriter certaines personnes. Je me faisais gronder par mes parents qui me disaient : « Quand gramoune i cause, le chien i baisse la queue ![1]» Mais, je n'y pouvais rien, les phrases me sortaient de la bouche.

Elle ajoutait encore :

« Nous, les médiums guérisseurs, nous sommes investis de la charge d'aider les autres, de les mettre en garde contre des intrigues néfastes, d'alléger leurs souffrances, de les éclairer, de les délivrer du mal lorsque celui-ci n'a pas une origine naturelle, de les conseiller pour un meilleur être. En général, nous évitons de nous immiscer dans la vie d'une personne pour l'aider contre son gré, car la contrainte est en elle-même condamnable. Mais il arrive parfois que, face à une situation de détresse, nous soyons amenés à intervenir malgré nous.

Un jour, racontait madame Pausé qui émaillait toujours ses explications d'anecdotes, une femme est venue me voir. Le fils qu'elle chérissait le plus ne lui donnait plus de nouvelles. Elle en souffrait. Elle désirait que j'intervienne... D'abord, je lui fis comprendre que la discussion ou la patience serait le meilleur remède à son chagrin. Les difficultés de l'existence ne sont pas toujours liées à des menées malveillantes. Il n'y avait eu dans le cas de son fils aucune influence surnaturelle. Un mari se faisait seulement un peu trop accaparer par son épouse. Ensuite, je lui expliquai que forcer la main est mauvais même si le but recherché est louable. Celui qui est forcé est une victime.

---

[1] Les enfants ne doivent pas s'immiscer dans les conversations des grandes personnes.

Le meilleur exemple en est la sorcellerie, continua-t-elle. La plupart des gens qui y font appel veulent forcer la nature ou le cours des choses dans le but d'obtenir un avantage personnel : union, avancement professionnel, argent, vengeance… Si les potions magiques et les philtres ont toujours alimenté les contes populaires, c'est qu'ils constituent la trame d'une réalité. Combien d'hommes et de femmes y ont recours pour s'attirer les faveurs d'une personne dont les regards se portent ailleurs? Nombreux sont les candidats qui, le jour d'un concours, se présentent accompagnés d'une « aide ». Je ne parle pas de ces êtres endurcis par l'envie et la jalousie qui font intervenir une puissance pour entraver la progression de leurs semblables.

Jean songea à Aurélie :

- Avez-vous le droit de rendre à quelqu'un le mal qu'il a fait ? Avec l'aide de l'au-delà, cela vous serait facile !

- Jamais, mon garçon ! Cela n'est pas de notre ressort et serait contraire à nos buts et à nos principes. Nous emploierions dans ce cas les mêmes armes que nous nous efforçons de combattre. Non ! Celui qui fait du mal porte le mal en lui et en souffrira forcément tôt ou tard. Nous ne sommes pas des justiciers… Il faut au contraire savoir pardonner parce que le pardon ouvre le cœur à de bonnes dispositions et lorsque l'on est dans de bonnes dispositions, la vie nous offre ce qu'elle a de meilleur.

- Que vous doivent ceux que vous avez guéris ou aidés ?

- Lorsque tu désires une chose, tu dois en connaître le prix. Même l'eau de la mer, tu ne dois pas la prendre sans compensation car elle ne t'appartient pas. Tous les gens qui ne prennent de la nature que ce dont ils ont besoin pour vivre le savent bien…

Jean se souvint alors qu'il l'avait vu jeter une pièce de vingt centimes dans l'océan après qu'elle lui eût pris quelques litres de son eau. Elle lui expliqua que c'était un geste symbolique couramment utilisé par les guérisseurs.

- … Celui qui est aidé remerciera donc à sa convenance. L'argent n'en est pas le seul moyen. Savoir dire merci en est un. Aider autrui dans la mesure de ses possibilités en est un autre. Dans tous les cas, il est bon de prier Dieu puisque c'est lui qui a permis que la faveur soit accordée.

À Jean qui s'inquiétait alors de savoir ce qui se passait pour ceux qui ne savaient pas prier, elle répondit que la valeur d'une personne ne se jugeait pas au nombre de fois qu'elle se rendait à l'église et à la quantité de prières qu'elle disait. « N'importe qui, continua-t-elle, athée ou adepte d'une religion est capable d'amour, de respect et de charité envers les autres… »

Ces conversations étaient fréquentes. Jean avait l'impression de s'instruire en permanence auprès d'une madame Pausé intarissable. Elle sortait toujours de quelque recoin de sa mémoire une anecdote ou une histoire, destinée soit à le distraire soit à illustrer une idée.

Le jeune homme restait tout de même perplexe : d'une part, il entendait le langage de la religion, d'autre part, il la voyait préparer des décoctions ou pratiquer des exorcismes à l'aide d'objets aussi divers qu'oignons, citrons, fleurs, galets, rotin, sel, crucifix... Tout s'embrouillait dans sa tête. Des rites occultes voisinaient avec des pratiques religieuses. Quand elle désirait établir une relation avec un esprit afin que celui-ci la conseille, elle priait d'abord, puis elle entrait en transes. Elle voyait alors ce que tout être normal ne peut voir.

En sa compagnie, il était quotidiennement plongé dans une réalité supranormale, inconnue. Jusqu'à maintenant, nourri par les histoires de son enfance, il avait cru que communiquer avec les esprits était une activité dangereuse aux conséquences imprévisibles. Il avait toujours évité tout contact avec les médiums et les sorciers. Pourtant, dans l'île, ces derniers ne manquaient pas. Il en était de même des « désenvoûteurs » et des exorcistes. Jamais, il n'avait eu l'idée d'aller assister à une des séances d'exorcisme qui se tenaient régulièrement dans un village voisin, séances organisées par une femme réputée pour sa piété, pour la force impressionnante qui émanait d'elle, pour ses guérisons étonnantes.

« Le sorcier, comme le médium guérisseur, peut solliciter l'aide des disparus pour accomplir son œuvre, lui expliquait madame Pausé. Mais, tandis que le premier fait appel aux disparus qui ont été mauvais ou malveillants sur terre, le second se fait guider par ceux qui étaient pieux, bons, sages. Communiquer avec les esprits reste une activité délicate en effet, ajoutait-elle. Les esprits des morts sont à l'image des vivants. Il y en a de bons, il y en a de mauvais. Seule la prière permet au médium d'entrer en contact avec les bons. S'il ne prie pas, il peut les attirer tous … »

Et elle parlait longuement d'Eux comme d'êtres familiers. « Ils m'ont dit que… Ils m'ont montré telle ou telle chose. »

- Mais Madame Pausé, dites-moi, comment sont-Ils ? Sous quelle forme apparaissent-Ils ?

- Cela mon enfant, je ne puis te le dire. Ils sont là, c'est tout. Ils surgissent de nulle part, sans forme précise, Ils parlent par ma voix et impriment dans ma tête des scènes que je n'aurais jamais imaginées, seule. Ils peuvent s'imposer à moi à n'importe quel moment, quand j'entre en contact avec certaines personnes. C'est alors que je peux voir certains aspects de la personnalité, de la vie de ces personnes, je peux émettre des conseils qui viennent d'en haut. Je ne suis dans ces moments-là qu'un canal entre l'au-delà et ici-bas.

Ces conversations fréquentes lui permettaient d'aborder d'autres sujets plus pratiques :

« Tu dois toujours en rentrant chez toi, te laver au moins les mains et le visage, avant de faire quoi que ce soit. Ce que tu appelles « esprits » peut être aussi appelé « ondes ». Nous sommes entourés d'ondes, bonnes ou mauvaises. Les bonnes nous renforcent, les mauvaises attaquent notre aura, cette sorte de halo qui enveloppe notre corps, et lorsque notre aura est détruite, entièrement ou partiellement, nous devenons fragiles. Ainsi, en te lavant les mains, tu chasses les mauvaises ondes. Ou encore : étire-toi le matin à ton réveil, déroule lentement tes muscles pour qu'ils retrouvent toute leur énergie. Regarde le chat, il le sait lui ! »

Un jour qu'il croquait un biscuit dans la salle de bains : « Si tu manges dans la salle de bains, tes aliments sont souillés puisque c'est là qu'on se débarrasse de ses impuretés. Or, ce que tu avales doit être sain pour t'être bénéfique. »

Par ailleurs, Jean qui était plutôt impatient de nature apprenait à se maîtriser. Lorsqu'il s'énervait, elle l'arrêtait :

- Ne t'emporte pas mon garçon ! Mesure tes paroles avant de les prononcer, ne dis que ce qui est juste, sans hausser le ton. Ainsi, lorsque tu parleras, on t'écoutera, pressentant que ce qui vient de ta bouche est digne d'intérêt. Ce n'est pas en criant que tu t'imposeras.

- Mais vous plaisantez souvent Madame Pausé, vous riez beaucoup. Comment peut-on vous prendre au sérieux ?

- Même lorsque je plaisante, la vérité sort de ma bouche. Il n'y a pas que les histoires à dormir debout qui divertissent. Et puis, je te l'ai déjà dit : j'aime rire et m'amuser.

Un jour qu'il lui disait avoir rencontré une personne gentille, elle l'arrêta aussitôt :

- C'est un mot qu'il convient d'ôter de ton vocabulaire. Je ne sais pas ce qu'en disent les livres, mais pour moi gentillesse est souvent synonyme de bêtise. J'ai vu des gentils se faire gruger. Evite de dire à quelqu'un qu'il est gentil, ce serait lui faire peu d'honneur. Ce n'est pas forcément un compliment.

Effectivement, le jeune homme passait en revue tous les gentils qu'il avait côtoyés : Fernande et sa grand-mère, et bien d'autres encore, des amis, des proches… Beaucoup étaient demeurés voûtés à force de se pencher vers les autres. Leurs mains étaient immenses, capables de contenir toutes les peines du monde.

Petit à petit, Jean apprenait à percevoir les choses différemment.

Ces propos de madame Pausé qui auraient pu le faire sourire il y avait quelques mois seulement, lui paraissaient tout simplement pleins de bon sens. Il ne s'agissait plus de phrases stéréotypées émanant de la superstition populaire, ou assommantes de morale, mais de principes sages et rationnels.

16

Un jour, Aurore, une des petites filles de madame Pausé, vint lui rendre visite. Au dire de ses parents, depuis quelque temps, elle sortait beaucoup le week-end, passant le plus clair de son temps chez sa bande de copains, délaissant le travail scolaire et les cours.

- Comment ça marche au lycée ? lui demanda sa grand-mère.

- Bof ! Lé là ! répondit-elle, les profs sont toujours aussi cons et barbants ! Vivement que je sorte de là !

- Ah bon ? fit semblant de s'étonner madame Pausé, et où comptes-tu aller ?

- Oh ! Je trouverai bien un boulot !

- Sans aucun diplôme ?

- Avec le bac, mamie, je ne resterai pas sans emploi.

- Il faudrait d'abord que tu l'aies ce bac !

Jean qui assistait à la conversation, sentait depuis un petit moment que la vieille dame contenait sa colère. Elle explosa soudain :

- Crois-tu qu'il va te tomber du ciel ce bac ? Si tu ne fais rien pour l'avoir, on ne va pas te le donner ! Et madame Pausé qui aimait les images hautes en couleurs d'ajouter : crois pas ça i pousse su'l'pied, i suffit ou domande, i trape, i donne a ou[1]!

La vieille dame tremblait, les traits de son visage se durcissaient à vue d'œil. Ses bras et ses mains se raidissaient comme si elle avait soudain envie de lutter contre quelqu'un. Elle se leva, agitée, se dirigea vers la cuisine pour s'asperger le visage d'eau fraîche.

- Tu es bien comme papa et maman ! s'écria Aurore, vous ne comprenez rien aux jeunes. Pour que vous soyez contents, il faudrait que je passe mon temps au travail. Mes parents râlent quand je sors, ils râlent quand je reste à la maison ! Ils ne veulent pas que j'aie de petit copain ! C'est pas une vie ! Je vais finir par me barrer !

- I sava pas là ! Arrête plutôt fait la bêtise èk out ban' camarades ! Si ou continu comme ça, na point d'bac pou ou cette année !

Jean, à la fois intrigué et curieux, comprit qu'il assistait à une scène pas ordinaire. Ceux qui guidaient madame Pausé venaient de se manifester

---

[1] Ce diplôme, on ne va pas te le donner ; il ne pousse pas sur les arbres!

tout à coup. Ils étaient là, impalpables, invisibles, réels uniquement pour la vieille dame. Malgré lui, il se surprit à inspecter la pièce d'un regard circulaire et discret. Rien n'avait bougé. Pas un souffle n'avait précédé leur arrivée. Et maintenant, aucune présence n'était décelable, l'unique indice de leur existence étant ce léger frisson que madame Pausé tentait de maîtriser. Cela s'était passé comme les fois précédentes.

Quand il lui avait demandé, quelque temps auparavant, la raison pour laquelle elle était prise de tremblements parfois, elle lui avait répondu ceci :

- Quand je t'ai vu, la première fois au salon, mon corps a vibré. C'était le signe que quelque chose n'allait pas. Tu portais en toi un grand malheur : la mort. Ensuite Ils sont venus et Ils t'ont parlé par ma bouche. Le corps des médiums guérisseurs peut être soumis à des vibrations en présence de ce qui est mauvais ou à l'évocation de situations pénibles. Si je pense par exemple à une personne malade sans espoir de guérison, je serai prise de tremblements… Si la maladie est bénigne, je n'éprouverai rien. C'est leur façon à Eux de nous avertir et de se manifester afin qu'on intervienne, après avoir obtenu le consentement de l'individu, bien sûr. De même que certains animaux s'énervent à l'approche d'un orage, de même, notre corps s'agite devant le mal comme s'il était terriblement bouleversé.

Au bout d'un moment, madame Pausé se calma et revint s'asseoir à côté d'Aurore. Elle se rapprocha d'elle et la prit dans ses bras. La jeune fille fondit en larmes.

- Ne pleure pas ! Tu n'es pas pressée de rentrer chez papa et maman qui sont si méchants ! lui dit-elle en riant, afin de la détendre. Reste un jour ou deux, le temps pour moi de t'aider un peu, tu en as besoin.

L'après-midi, la grand-mère dit à sa petite fille, après l'avoir amadouée en lui confiant qu'elle aussi, lorsqu'elle était jeune, elle avait son zézère[1] et ses coups de folie et que, somme toute, c'était normal :

- Ce que vous faites, tes copains et toi, n'est pas bon du tout. Vous jouez avec des choses dont vous ignorez la portée. Ça peut mener très loin, tu sais, ma chérie.

- On ne l'a fait qu'une fois, mamie, répondit la jeune fille qui savait bien de quoi parlait son aïeule. J'ai eu tellement peur que je ne recommencerai pas. On était chez Xavier, ses parents étaient absents. Il a pris des bouteilles dans le bar et on a un peu bu pour fêter les vacances. Certains ont roulé un joint de zamal, mais rien de bien important !

- Toi aussi ?

---

[1] amoureux

- Oh ! Juste un peu, pour goûter ! Tu sais, quand on est entre copains, on se sent obligé de faire comme les autres ; mais je ne fume pas de cigarettes, donc le joint ne me plaît pas particulièrement. Ensuite, quelqu'un a proposé que l'on fasse tourner les tables. Il nous a expliqué comment s'y prendre…

- Attends, l'interrompit sa grand-mère.

Madame Pausé se leva, à nouveau prise de tremblements. Le fait seulement d'évoquer cette situation Les fit revenir. Elle alla chercher une bougie qu'elle alluma, elle aspergea la pièce d'eau bénite et se mouilla le visage. Puis, elle demanda à la fille de poursuivre son récit.

- On s'est tous tenu la main et quelqu'un a appelé l'esprit de Sitarane. Les questions à propos de l'avenir de chacun ont commencé à fuser. Au bout d'un moment, la table s'est mise à répondre en se levant sur trois pieds et en tapant l'autre sur le sol. Puis, on ne sait pas pourquoi, Nadia s'est mise à rire, c'était nerveux, je pense. J'ai eu très peur, répéta Aurore, peur qu'il nous arrive quelque chose. Depuis ce jour, à trois reprises déjà, alors qu'elle circulait la nuit en mobylette, Nadia a vu passer devant elle une cape rouge.

- Tu comprends, ma petite fille, qu'il est dangereux de déranger ainsi les esprits ; tu ne sais jamais à qui tu as affaire. C'est pour cette raison que tu ne sais plus où tu en es. Tu ne vois plus clair. Depuis cette soirée, tu n'aspires qu'au désordre, tu ne fais plus rien de bon, tu rejettes ceux qui t'aiment, tu veux abandonner tes études, tout se brouille dans ta tête.

La vieille dame, après avoir prié, lui proposa un bain purificateur. Elle demanda à Jean de l'aider à l'élaboration du remède, ce qu'il accepta avec plaisir, car, découvrir les mille et un secrets de guérison l'émerveillait toujours. Et madame Pausé possédait une science inépuisable en ce domaine. Des plantes, elle connaissait aussi bien les vertus thérapeutiques que les propriétés extraordinaires sur lesquelles s'appuie le médium guérisseur. Ils mirent donc dans l'eau du bain, qui est le substrat matériel de la présence divine, des végétaux qui sont utilisés pour l'idée de guérison qu'ils véhiculent : oignon, citron, sel, et trois autres simples.

« Change aussi tes fréquentations, conseilla sur un ton maternel madame Pausé à Aurore, lorsque celle-ci la quitta le lendemain. Trouve-toi des amis plus sains, ma chérie ; en tout cas, ne te sens pas obligée de participer à toutes les expériences qu'on te propose et tout ira mieux pour toi, tu verras. Dis à ta copine Nadia d'aller dans une église, prier si elle sait le faire ou tout simplement y déposer un bouquet de fleurs. Quant à aller danser et t'amuser, rien ne t'empêche de le faire, c'est de ton âge ! J'en toucherai deux mots à ta mère, ajouta-t-elle avec un clin d'oeil complice. »

La vieille dame pensait, en prononçant ces mots, qu'il y avait peut-être là un moyen de renouer le contact entre sa fille et elle. En effet, les relations avec ses enfants ne s'étaient guère améliorées. Elle avait compté sur le temps pour leur faire accepter l'idée que Jean était installé chez elle, mais ils ne cédaient pas à ce qu'ils considéraient comme un caprice, allant jusqu'à ne plus prendre de ses nouvelles. Si elle s'avisait de leur en faire le reproche, ils rétorquaient : « Mais, tu n'as plus besoin de nous, maman, ce Jean doit bien pouvoir nous remplacer ! »

Jean quant à lui, voyageait dans un monde merveilleux, allant de découverte en découverte. Un jour qu'il faisait les courses avec madame Pausé, il vit des gens jouer au loto. Il lui demanda s'il lui était possible d'effectuer un « travail » dans le but d'obtenir un avantage personnel :

- Vous pourriez gagner au jeu, faire des transactions avantageuses aux moments opportuns, prévoir tout ce qui vous arrive !...

En fait, un certain nombre de questions le tourmentaient depuis quelque temps : le médium guérisseur dont le rôle est d'apporter bien-être et aide à ceux qui en ont besoin reçoit-il quelque chose en contrepartie de sa peine ? Est-ce que les esprits des disparus le remercient pour le soutien qu'il apporte aux vivants ? Et de quelle façon ? Il se demandait encore si Dieu ne faisait qu'utiliser le guérisseur. Ce dernier n'était-il là que pour se mettre au service des autres sans rien recevoir en retour ?

- ...Après tout, continua-t-il, toute peine mérite salaire. Gagner le gros lot n'empêche nullement de soulager les autres !

- Il existe un principe qui nous interdit ce genre de pratiques. Nous sommes là pour secourir autrui et non pour profiter personnellement de nos dons. Ce serait trop facile! Et à ce moment-là, nous pratiquerions de la sorcellerie. Si malgré tout nous le faisions, nous serions punis.

- De quelle manière ?

- Nous perdrions tout, aussi vite que nous l'aurions gagné. Nous serions sans cesse importunés par Leur présence. Nous souffririons physiquement. Bref, Ils nous rendraient la vie impossible. Ce ne sont pas des tendres, tu sais, ajoutait-elle en riant. Ban' la i joue pas ek ou ! Ils ne plaisantent pas. Ils ne connaissent pas les sentiments. Il n'est pas question de contrevenir à leur règle sous quelque prétexte que ce soit. On peut s'arranger avec les humains, pas avec les esprits ! En revanche, Ils nous éclairent comme Ils éclaireraient n'importe quel individu.

C'est sur ce point que le jeune homme aurait souhaité plus de précisions, mais madame Pausé poursuivit :

- Si notre corps constitue pour Eux une enveloppe, notre personnalité Leur reste étrangère. Le médium guérisseur n'est pas un être privilégié bénéficiant de faveurs matérielles du fait de son état. Il est un canal entre les esprits et les êtres humains dans le but d'aider ces derniers.

Un soir, madame Pausé vit à son portail un homme d'une quarantaine d'années qui lui expliqua qu'il venait des hauts exprès pour la consulter. Le matin, il avait glissé dans sa cour et s'était tordu la cheville. On lui avait dit que madame Pausé té i fait la prière su l'pied l'a tourné.

Elle l'invita à s'asseoir et le laissa en compagnie de Jean pendant qu'elle allait préparer les ingrédients nécessaires à l'intervention. L'homme posa sur le sol son bertel[1] en vacoa puis retira son chapeau de feutre qu'il enfila sur un montant de la chaise. Comme il était venu à pied, sa blessure le faisait souffrir et il suait abondamment. Péniblement, il s'assit et se pencha en avant pour retrousser une des jambes de son pantalon. Sa cheville apparut, rouge et enflée. Jean lui servit un grand verre d'eau.

Madame Pausé invita Jean à intervenir en même temps qu'elle sur la cheville malade. Prenant les mains du jeune homme, elle les plaça au-dessus de la lésion, à quelques centimètres de la peau de l'homme. Jean sentit alors une chaleur monter et inonder la paume de ses mains ouvertes. Puis

[1] Sac à dos

soudain, un souffle froid vint balayer l'onde d'intense chaleur, la repoussant je ne sais où, engageant ainsi le processus de guérison. L'homme se mit debout, constata en souriant de gratitude qu'il pouvait à présent poser son pied au sol.

- Dans deux-trois jours, out pied sra guéri, lui dit madame Pausé.

Ensuite, elle tendit à Jean un petit bol contenant une pommade à base d'huile de coco, d'alcool, de camphre et d'herbes broyées, tout en lui recommandant : « Masse doucement l'endroit affecté en te concentrant bien sur la lésion… Pas si fort ! Il ne s'agit pas d'écraser la peau, mais d'y faire pénétrer des substances actives. Tes mains ont le pouvoir d'enlever les ondes négatives et de redonner de l'énergie au malade… N'oublie surtout pas de les laver après pour les purifier, sinon, elles garderaient le mal en elles et tu serais fatigué. »

Quand ils eurent fini, l'homme les remercia chaleureusement et, légèrement ému, saisit son bertel d'où s'échappaient depuis un moment de petits bruits feutrés. Il en extirpa une poule grise qui poussa des gloussements effrayés en essayant de se mettre sur ses deux pattes. Ses ailes entravées par une ficelle battaient comiquement l'air. Tout en protestant : « Té i fallait pas ! », madame Pausé alla l'enfermer dans une petite cage, à l'arrière de sa maison.

Jean était fier des gestes qu'il venait d'accomplir, fier et profondément ému. Entre l'homme qui était là tout à l'heure et lui-même, il s'était passé quelque chose, grâce à l'intervention d'une force invisible. Comme quelqu'un qui aurait réalisé un miracle, il resta d'abord sans voix, les mots lui manquaient. Il observa ses mains en silence puis demanda :

- Pour quelle raison, Madame Pausé, m'apprenez-vous tout cela ?

- Tu vis auprès de moi, tu t'intéresses à ce que je fais, tu t'investis dans une démarche qui ne te rapporte pourtant rien. Il est normal que je t'explique des choses. Je pense que, à force d'apprendre et d'écouter comme tu le fais, tu finiras par devenir un bon guérisseur.

- Vous pensez vraiment que je pourrai devenir aussi capable que vous un jour ? demanda-t-il, les yeux brillants de satisfaction. Il réprima une exclamation de joie, s'agitait comme un enfant qui a reçu un jouet.

- Oui, certainement. Bientôt, tu en sauras plus que moi-même sur les plantes et ça, c'est important de nos jours. La connaissance des simples est un art qui se perd lentement parce que les gens préfèrent aujourd'hui les médicaments achetés en pharmacie. Je ne dis pas qu'il faut rejeter les médecins, mais je pense qu'il faut garder les remèdes qui nous viennent des Anciens. Les plantes qui guérissent poussent à profusion autour de nous, il faut les utiliser…

Jean restait le plus souvent possible auprès de la vieille dame. Après sa journée au salon, il rentrait directement chez elle. Elle avait préparé le dîner et elle l'attendait. Et puis, il y avait toujours quelque chose à faire : un bain à prendre ou à donner, un « travail » à continuer, une plante à chercher. Lorsqu'il leur restait du temps avant la nuit, ils sortaient se promener ou bien discutaient tout simplement pendant des heures. Elle lui parlait de sa vie, lui racontait les choses d'autrefois. Et sans cesse, il lui posait des questions, tel un élève assoiffé de savoir, passionné par une nouvelle matière.

Cependant, madame Pausé dosait la transmission de son enseignement que Jean aurait souhaité acquérir d'un coup. Le jeune homme sentait bien que la vieille dame ne lui dévoilait pas tout.

« Pourquoi ? se demandait-il, est-ce parce qu'elle veut me retenir auprès d'elle ? Est-ce que le maître craint d'être dépassé par l'élève ? » Mais, la plupart du temps, cette dernière idée qui distillait le doute en lui se trouvait vite balayée par la grande affection qui les unissait.

Parfois elle lui reprochait son impatience :

- Tu es trop pressé ! Un jour viendra où tu sauras tout, mais patience ! Chaque chose en son temps ! D'abord, tu n'es pas guéri !

- C'est vrai, soupirait Jean, je suis loin d'être guéri !

En disant cela, il pensait aux souffrances physiques qu'il endurait encore. Son ventre avait beaucoup de mal à se remettre et souvent, il se tordait de douleur. Quelquefois, une lassitude qu'il ne surmontait qu'au prix de grands efforts s'emparait de lui. D'autres fois, il ne savait pourquoi, des plaques rouges recouvraient sa peau.

À tous ces maux, s'en ajoutait un autre non moins affligeant : l'absence de désir sexuel. L'amélioration de son état général lui avait ramené l'appétit, l'envie de vivre, mais pas l'amour. Jamais plus, depuis cette sinistre nuit… Malgré les paroles rassurantes de madame Pausé, les jours s'écoulaient, apportant leur lot de questions angoissées. Etaient-ce les esprits qui le rendaient ainsi ? se demandait-il parfois. Etait-il puni pour avoir mené jusque-là une vie entièrement tournée vers le plaisir ?

Au cours de conversations antérieures, madame Pausé lui avait parlé de Saint Expédit et quand il y repensait, l'inquiétude l'empêchait de trouver le sommeil. C'était, lui avait-elle assuré, un saint qui ne tolérait pas l'adultère, qui n'aimait que la droiture et la pureté. Un petit oratoire dédié à ce saint se trouvait sur sa route. Il y avait toujours des pèlerins en train de prier et des bougies étaient allumées en permanence. Chaque fois qu'il passait à cet endroit, il ne pouvait s'empêcher de songer à son cas.

Maintes fois, il tenta de renouer avec sa vie antérieure… En vain !… Il sortit dans le but de rencontrer des femmes. Les sensuelles le laissaient indifférent. Les douces ou les vertueuses l'attendrissaient, l'intimidaient. Les entreprenantes l'amusaient. Et la forme de leur corps ? Et la douceur de leur ventre ? Et les délices qu'elles promettaient ? Jean ne voyait plus rien, n'entendait plus rien de tout cela. Jamais aucune d'elles n'eut le pouvoir de le faire trembler de désir comme avant, jamais il n'eut envie d'en savourer une avec volupté. En revanche, il trouvait toujours leur compagnie agréable et bavardait volontiers avec elles. Il s'intéressait à leurs petits soucis, à leurs loisirs.

Un jour, il se surprit à discuter environnement avec une superbe jeune fille rencontrée en boîte de nuit

Un autre jour, il en invita une à boire un verre parce qu'elle possédait un grain de beauté près de l'oreille droite. Autrefois, ce genre d'agrément avait le pouvoir de lui faire perdre la tête, de le séduire irrésistiblement. Pendant qu'ils étaient à la terrasse du café, à l'ombre d'un parasol, il tenta de se concentrer sur une de ses mains qu'elle avait négligemment posée sur ses genoux. Il essaya d'imaginer les longs doigts fins parcourant son corps à lui… En vain ! Pourtant, le velours de la peau de la jeune fille et le fin duvet qui courait à la racine de ses cheveux chatoyaient sous les reflets de la lumière… Hélas ! En la quittant, il réalisa qu'il avait beaucoup appris sur le tennis mais qu'il avait oublié le grain de beauté. Ils se revirent par la suite et s'engagèrent dans une sorte de liaison sympathique dépourvue de sensualité et de sexe.

Ce changement l'étonnait prodigieusement tout en l'effrayant. Chacune de ses tentatives malheureuses destinées à réveiller cette partie de lui-même si vivante autrefois le dépitait un peu plus. Bientôt, il préféra abandonner. Le médecin qu'il consulta lui parla de choc psychologique et le rassura : le meilleur remède était la patience puisqu'il refusait l'aide d'un psychothérapeute.

À plusieurs reprises déjà, il avait semblé à Jean sentir une ou plusieurs présences inhabituelles à ses côtés : frôlements à peine perceptibles, légères vibrations. Lui-même tremblait un peu dans ces moments-là. Ces faits nouveaux le plongeaient dans un abîme de perplexité.

La première fois que cela se produisit, il se trouvait seul au salon de coiffure. C'était le soir et les employés étaient partis. Alors qu'il effectuait quelques derniers rangements, un tremblement incontrôlable s'empara soudain de lui, des frissons couvrirent sa peau ; dans le même temps, il lui sembla percevoir une agitation impalpable dans la pièce. Affolé, il saisit sa sacoche dans le but de quitter au plus vite le salon. Mais, au moment où il se dirigeait vers la sortie, il vit accourir vers lui une vieille dame terrorisée qui gesticulait, boitait et appelait à l'aide. Il fonça dans la direction indiquée: une mobylette tournait au coin de la rue. Deux jeunes avaient dérobé le sac de la dame alors qu'elle circulait sur le trottoir, puis avaient pris la fuite, la laissant par terre. Jean la réconforta, la ramena chez elle et lui promit toute son aide pour la recherche et l'identification des malfrats.

Un peu plus tard, après lui avoir fait part des nouvelles sensations qui le perturbaient depuis quelque temps, il conta l'incident de l'agression à madame Pausé. Celle-ci, jugeant qu'elle aussi était exposée à ce genre de mésaventure, fut horrifiée et scandalisée. Puis, la discussion tourna autour de la délinquance, de la jeunesse qui ne respectait plus personne et de l'avenir de la société. Comme la vieille dame n'abordait pas l'unique sujet qui le préoccupait, à savoir, la raison pour laquelle il avait ressenti des vibrations, Jean se dit que son imagination lui jouait peut-être des tours. Mais, lorsque le phénomène se reproduisit, il sut qu'il n'était pas fou, que ce qu'il ressentait était bien réel et qu'il était pourvu d'une sensibilité nouvelle et particulière.

Une nuit, c'était à la fin de la première année, il fut réveillé en sursaut par un des cauchemars qui le hantaient régulièrement. Il se rendit dans la salle de prières, alluma une bougie et commença à prier comme il avait vu madame Pausé le faire. Ensuite, il regagna sa chambre et s'étendit sur son lit.

Il ferma les yeux. Soudain, il se revit dans son ancien appartement. Deux Aurélie l'entouraient: l'une souriait, tenant un anneau. L'autre retira d'un sac en peau sombre une main démesurée et monstrueuse puis lança dans un ample geste de semeuse, une fine poussière qui troubla l'air de la pièce. Bientôt, tout l'appartement fut englouti sous une épaisse couche de terre, grouillante de vermine. Lui-même ne parvenait qu'à maintenir difficilement sa bouche hors de cette masse qui l'enserrait à l'étouffer. Il s'enfonçait lentement, inexorablement. Tout à coup, quelqu'un l'empoigna. Il était temps…

Peu après, lui apparut un enfant épuisé par de terribles souffrances. Les lésions et les enflures qui altéraient son corps étaient patiemment apaisées par une main douce. « Des plantes, de l'eau, des prières ! » psalmodiaient des voix. Et l'enfant grandissait à vue d'œil… Enfin, il vit se dresser un homme vigoureux : il reconnut une sorte de projection de lui-même, quoique légèrement différente du fait de son allure imposante, de ses traits plus affirmés et plus reposés.

Le chant du coq retentit, le tirant de son étrange rêve. Il aurait juré qu'il n'avait pas dormi, qu'il avait seulement été plongé dans un état semi-conscient, à mi-chemin entre la veille et le sommeil. Il s'ébroua pour se libérer de l'enveloppe aussi légère qu'un voile qui recouvrait son corps. Il était quatre heures et la nuit n'était plus très silencieuse, des ombres s'agitaient à la lueur des derniers rayons de lune…

Epuisé comme on peut l'être après avoir vécu des épreuves, il se dirigea vers la cuisine, but une gorgée d'eau fraîche, puis se mouilla le visage. Il installa son matelas dans la chambre de madame Pausé mais ne parvint pas à trouver le sommeil. La vieille femme, en l'entendant se tourner et se retourner au pied de son lit, se réveilla. Elle ne fut pas étonnée :

- Je crois que j'ai vu des choses quand je dormais, lui dit-il, cela m'est arrivé tout à l'heure.

Quand il lui eut tout raconté :

- Ta femme t'a fait du mal. Tu as vu de la poussière parce qu'elle désirait que tu sois conduit au tombeau. C'est le sens d'une partie de ta vision. Le reste, tu l'as compris. À présent, tu mènes une existence chaste et saine, tu sais prier, tu aimes le bien, tu as l'injustice en horreur. Ils t'ont choisi. Tu seras mon élève ; je suis vieille et tu me remplaceras un jour. Je te transmettrai mes « dons ». Mais je te le répète, tu n'es pas prêt encore.

- Dans combien de temps le serai-je ?

- Deux années seront encore nécessaires pour que tu sois complètement guéri et purifié.

Alors, tu rencontreras une femme, tu reprendras une vie normale d'homme, et tu aideras les autres.

- Mais, pourquoi moi ? Pourquoi pas l'un de vos enfants ? Après tout, je ne suis pas de votre famille !

- Tu aurais dû mourir. Si ta vie a été rachetée, c'est pour que tu te mettes au service des autres dans le bien. Tout ceci n'a pas été décidé par moi, c'est la volonté de Dieu. Auparavant, nous devons nous rendre en métropole pour effectuer des pèlerinages. Il nous faudra encore implorer ta guérison, et remercier le Ciel.

Il semblait à Jean que son destin était exceptionnel… Ces révélations troublantes et tardives curieusement ne l'inquiétèrent pas. Madame Pausé l'avait adopté et, tout naturellement, les guides spirituels de la vieille dame l'adoptaient également ! Il se sentait heureux et honoré d'avoir été choisi. C'était comme s'il venait de découvrir qu'il possédait un talent caché jusque-là.

« Ne t'emballe pas trop mon garçon, lui conseilla cependant madame Pausé. Cette voie exige beaucoup de temps, de la patience, de l'énergie, le respect de certaines obligations. La vie n'est donc pas facile, tous les jours. J'ajouterai même que parfois, elle pèse bien lourd et qu'on aimerait être simplement comme les autres. »

17

Jean s'octroya deux semaines de congé afin de se rendre en pèlerinage avec madame Pausé à Medjugorje, en Bosnie. En arrivant dans ce petit village au décor de garrigue et de pierre, ils eurent l'impression de pénétrer dans une bulle de piété et de bien-être flottant au milieu d'une région profondément meurtrie par la guerre.

Même le paysage respirait la félicité. Quelquefois, surprenant les pèlerins sur un chemin de croix, un parfum de roses flottait au détour d'un des sentiers arides qui coupaient à travers les collines conduisant aux divers lieux sacrés. Tous les habitants, des petites vieilles voûtées, enveloppées de châles noirs, aux enfants rieurs et insouciants, tous paraissaient heureux et sereins.

Un soir, en revenant d'un lieu appelé La Croix Bleue, où ils avaient assisté, au milieu d'une foule en extase, à une manifestation de la Vierge venue livrer à des « Voyants » un message de paix, Jean repensa avec émotion à ses oiseaux étranglés par Aurélie. En effet, jusqu'à une heure avancée de la nuit, des chants d'oiseaux le tinrent éveillé. L'obscurité n'avait pas fermé leurs paupières et ils pépiaient joyeusement à la faible clarté diffusée par un mince filet de lune, donnant aux visiteurs la sensation de se trouver dans un endroit merveilleux et irréel, d'autant plus irréel que l'on savait que, à la même heure, sous les mêmes cieux, des larmes et du sang coulaient.

Du matin au soir, Jean et madame Pausé se joignaient à la foule des pèlerins dans les différents lieux de prières. Le dernier jour, ils assistèrent à des guérisons extraordinaires effectuées par un curé : celui-ci, étendant les mains, plongeait les personnes présentes dans le « sommeil de l'Esprit », pendant lequel s'accomplissait sur elles le travail de guérison.

Son séjour, dans cet endroit empreint de sainteté et de spiritualité, permit à Jean de mieux comprendre la fonction du médium guérisseur et, de façon générale, de tous ceux qui, quelles que soient leurs croyances, œuvrent pour le mieux-être des autres, même s'ils ne peuvent pas refermer toutes les plaies du monde…

De retour en métropole, madame Pausé rendit visite à l'une de ses filles établie à Paris. Une nuit, deux jours après leur arrivée, la vieille dame ne parvenait pas à s’endormir alors qu’il était une heure du matin.

- Qu'y a-t-il ? lui demanda Jean qui, s'étant réveillé aussi, la rejoignit dans le salon.

- Il se passe quelque chose d'anormal à la Réunion…

Madeleine était en mauvaise posture, expliqua-t-elle à Jean et à sa fille. Madeleine souffrante quittait Axel et revenait à la maison. Dans un demi-rêve, madame Pausé avait entrevu le visage crispé de sa fille lançant autour d'elle des regards pleins de ressentiment.

- Il faudra hâter notre retour, car elle va avoir besoin de notre aide.

Dès son arrivée, madame Pausé prit contact avec Madeleine. En effet, celle-ci lui fit part de son intention de revenir vivre auprès d’elle.

Elle avait maigri. Ses yeux cernés étaient empreints d'une sorte de tristesse obstinée. Quelquefois, pendant plusieurs jours, elle s'enfermait dans un mutisme total. Puis, à tout propos, elle cherchait querelle à sa mère et à Jean. Elle passait de l'abattement à l'irritation puis à l'agressivité.

Un jour qu'ils étaient seuls à la maison, Jean se dirigea vers la chambre de la jeune fille. La face hargneuse qu'elle lui présenta aurait dû le décourager dans sa démarche.

- Madeleine, commença-t-il, je dois te dire que je regrette ce qui s'est passé. Je ne pouvais pas prévoir toutes ces conséquences dramatiques.

- Ce que tu pourrais faire de mieux maintenant, ce serait t'en aller. Tu es guéri, tu n'as plus besoin de ma mère. N'as-tu pas encore compris que personne ne t'a adopté ?

- Ta mère m'a adopté, cela me suffit, s'emporta Jean. Je resterai parce que ma place est ici désormais.

Madeleine suffoquait de colère.

- Tu es un étranger ! Tu es venu troubler la paix de notre famille en forçant les portes de cette maison. Va-t'en ! Ce n'est pas la peine d'essayer de me tromper comme tu as trompé ma mère. Tu perds ton temps !

Elle lui interdit désormais l'entrée de sa chambre et le pria de ne plus s'occuper d'elle.

- Je ne veux surtout pas bénéficier de tes soi-disant dons. Garde-les précieusement pour ton propre cas !

Quoiqu'il se fît traiter d'imposteur, Jean choisit d'oublier l'incident et de ne plus répliquer aux provocations de la jeune fille.

D'abord, il était redevable à Madeleine de lui avoir fait connaître sa mère.

Ensuite, il se souvenait avec nostalgie de leurs étreintes clandestines, même si ces étreintes lui avaient valu la condamnation d'Aurélie et le désastre formidable qui en avait résulté.

D'autre part, il reconnaissait que la jeune fille avait des raisons d'être jalouse : madame Pausé et lui étaient inséparables, vivant dans une union parfaite qui paraissait indissoluble et que leurs pouvoirs communs renforçaient. Si quelquefois ils lui proposaient de les accompagner dans leurs promenades ou de participer à leurs discussions, elle s'ennuyait rapidement ou se sentait agacée par la connivence qui les liait. Il était aux petits soins pour la vieille dame, lui faisait part de toutes ses sensations et impressions, la questionnait sans arrêt. Aux yeux de Madeleine, cette complicité ressemblait trop à celle qui avait existé autrefois entre ses parents. Elle se sentait exclue de ce couple d'initiés. Plus le temps passait, plus ses chances d'être intégrée s'amoindrissaient inexorablement et plus elle en concevait de l'amertume.

Enfin, il se sentait en partie responsable des malheurs actuels de la jeune fille. En effet, Axel avait fini par apprendre son existence par un de ses copains. Un dimanche matin, ce dernier lui avait proposé : « Allons voir in bataille coqs, ça lé gaillard ! » Axel voulut y emmener Madeleine, ce que lui déconseilla son ami, prétextant que c'était un zaffaire le zhomme.

Le long de la ruelle étroite, en terre, qui conduisait au lieu du rendez-vous, étaient stationnées une vingtaine de voitures toutes plus rutilantes les unes que les autres. Dans la salle recouverte d'un toit de tôle, aménagée en arène, des gradins bringuebalants étaient disposés autour du « rond » de terre battue où évoluaient les combattants aux grandes pattes. Les habitués pariaient ferme, s'égosillant pour se faire entendre au milieu de la cohue générale, des appels, des cocoricos, de l'air vicié par la fumée. « Cent de plus !... Deux cents de plus !... Cinq cents de plus ici !... » Pendant que les volatiles en sang s'acharnaient sur leurs adversaires, tentant de leur défoncer le crâne à coups de bec, les parieurs s'excitaient. Certains hurlaient des encouragements. D'autres trépignaient en jurant. Les liasses de billets tressautaient dans les poches rebondies. Quelques-uns se taisaient dans cette ambiance surchauffée. On ne savait trop s'ils savouraient leur proche victoire ou s'ils évaluaient leurs pertes. Un homme debout au bord du « rond » tenait un coq dans ses bras. La bête allait se battre et son propriétaire lui parlait, la caressait à la base du cou, l'encourageait par des paroles tendres, vérifiait une dernière fois si ses ongles étaient bien aiguisés.

Axel, devant un combat interminable, suivait les explications passionnées de son ami. Brusquement, celui-ci, entre deux commentaires éclairés, lui glissa en manière de question :

- C'est donc un frère de Madeleine qui est revenu vivre chez sa mère ?

- Je n'en sais rien !

- À ce qu'il paraît, cela fait plusieurs mois qu'il vit chez madame Pausé, ça doit être son fils !

On les a vus partout ensemble et en ce moment, ils sont en métropole, je crois.

- Oui, fit Axel, d'une voix altérée, il me semble...

- Fourmi y marche sous la terre, domoun y connaît[1]!

Disant cela, il affecta un air à la fois candide et embarrassé. Puis, il se tourna vers le « rond » où le combat s'achevait. Il se leva pour rejoindre ses compagnons de jeu. De nouveau, les mises fusaient: « Cent ! Deux cents ! … »

Axel interrogea Madeleine. Il était persuadé que si celle-ci avait éprouvé le besoin de lui cacher la vérité, c'est que cette vérité en dissimulait une autre. Son esprit jaloux forma maintes suppositions qui lui permirent de la harceler.

Madeleine mentit à moitié. Elle admit qu'elle connaissait Jean depuis longtemps. Axel, qui bénéficiait d'une sagacité cruelle, la crut à moitié tout en continuant de la persécuter. La jeune fille finit par tout lui raconter.

Elle ignorait que cet homme était de l'engeance d'Aurélie, de ceux qui ne sont satisfaits qu'après l'assouvissement de leur vengeance, de ceux qui agissent guidés par la haine, de ceux qui ne reculent devant rien.

---

[1] Tout se sait.

Comme il s'estimait trompé, il en voulut à Madeleine dont il désira se venger promptement. Laver son honneur bafoué lui semblait absolument vital. Plusieurs moyens s'offraient à lui. Il choisit la sorcellerie : moyen efficace, infaillible, sournois. Moyen à la disposition des faibles et des lâches qui se sentent des âmes d'exterminateurs. Il consulta dans ce dessein une personne susceptible de lui procurer un sort. Cela lui fut très facile car les marchands de maléfices ne manquaient pas sur la place.

La cérémonie eut lieu à l'entrée d'un cimetière, un peu avant minuit, un vendredi. Outre les ingrédients habituels : un coq noir, une noix de coco, deux cent cinquante grammes de safran, un litre de rhum, de l'encens, un paquet de cigarettes, deux morceaux de tissu, l'un rouge et l'autre jaune, le demandeur de faveurs diaboliques dut fournir au jeteur de sorts une mèche de cheveux de Madeleine et quelques gouttes de son sang menstruel. Pendant plus d'une heure, dans l'ombre épaisse et silencieuse des immenses frangipaniers, le sorcier dont la renommée n'était plus à faire, supplia les forces des ténèbres d'arracher la vie de Madeleine. Les offrandes furent déposées dans un van. Les cigarettes allumées et plantées dans le sol se consumaient comme si elles étaient lentement fumées. Leur odeur se mêlait à celle piquante du rhum et à celle sucrée des fleurs de frangipaniers. Le volatile fut brandi vers le ciel, puis égorgé. Son sang plus noir que la nuit gicla. Le sorcier en but goulûment. Le reste abreuva la terre. Bruits de succion… Grognements de satisfaction… Les souffles puissants d'êtres invisibles se faisaient entendre. L'homme fut bien payé pour ce service.

Quelques jours plus tard, son forfait accompli, Axel pria Madeleine de s'en aller.

Madeleine tomba malade. Les premiers jours, elle vomit du sang et ressentit d'atroces douleurs abdominales. Peu à peu, elle perdit ses couleurs et ses forces. Elle s'étiolait, l'estomac en feu, l'air hagard. Des souffles internes la tourmentaient méthodiquement. Son médecin diagnostiqua un début d'ulcère. Lorsque les vomissements cessèrent, elle souffrit de convulsions accompagnées d'insupportables migraines. Il lui semblait alors que son crâne allait éclater. Ou alors, lorsque les douleurs s'apaisaient, sa tête avait l'air de se détacher de son corps, branlante et vide. Des saignements répétés, qu'aucun remède n'arrêtait, l'épuisaient. Elle dut cesser momentanément de travailler.

Jean devint le témoin de son infortune ! Celui-là même qui était à l'origine de tout cet imbroglio tragique assistait à sa misère ! Comble d'ironie : il prétendait même, depuis quelque temps, pouvoir la conseiller, la traiter. Jamais situation ne fut plus infamante ! Elle aurait préféré qu'il ignorât sa détresse.

Madame Pausé était inébranlable :

- Je considère Jean comme mon fils. Il n'est pas question qu'il s'en aille.

Madeleine avait l'impression que des grilles immenses grinçant sur leurs gonds se refermaient funestement sur elle.

Affaiblie, disgraciée, elle devait en outre se faire soigner par sa mère qui bougonnait : « Je t'avais mise en garde contre cet homme ! Ou té i voit pas ça té in bandit grand chemin ? Gratte ti bois : rien qu'ça même li connaît[1]! »

Peu de temps après son arrivée, elle réintégra sa chambre. Cela se passa un jour où Jean était au travail. Prise d'un accès de fureur, elle sortit toutes les affaires du jeune homme dans le couloir et se réinstalla chez elle. En rentrant, Jean ne fit aucune remarque, mais madame Pausé souhaita intervenir.

- Non, dit Jean, laissez-la retrouver sa place dans sa maison.

Tous les jours, madame Pausé lui donnait un bain et des tisanes à base de plantes. Ensuite, la vieille femme effectuait des passes sur son corps. Du camphre et de l'encens brûlaient dans une cassolette. Leurs parfums vifs et puissants se répandaient dans la maison, chassant les mauvaises ondes, purifiant l'air. La jeune fille dut se rendre dans plusieurs églises et aller en pèlerinage à la Vierge Noire. Sa mère fit dire des messes pour les

---

[1] Ne voyais-tu pas qu'il s'agissait d'un bon à rien ? Pratiquer de la sorcellerie : tout ce qu'il sait faire !

défunts et implora les saints par l'intermédiaire de prières assidues.

Jean, petit à petit, prenait goût aux activités spirituelles de madame Pausé, aidant cette dernière dès qu'il le pouvait. Désormais guidé et inspiré par l'au-delà, il manifestait un vif intérêt pour la préparation de bains purificateurs et de décoctions bienfaisantes.

Un jour qu'ils priaient tous les trois, Jean se leva et saisit un brin de rotin posé sur une table. Les traits crispés et le regard déterminé, il s'approcha de Madeleine et se mit à fouetter l'air autour d'elle. D'habitude, les réticences de la jeune fille ne facilitaient pas la tâche de ses guérisseurs. Tantôt arrogante, tantôt irascible, elle refusait parfois les soins, ne se soumettant pas toujours de bon gré aux traitements imposés… Mais cette fois, la jeune fille tremblante n'osa broncher, attentive aux sifflements de la liane lacérant, autour de son corps, un ennemi invisible tandis que, l'air autoritaire, Jean prononçait des ordres à voix basse. Quand il eut fini, il retrouva son calme et la sérénité se peignit sur son visage, détendant ses traits, effaçant les rides farouches qui s'y étaient incrustées. Ni madame Pausé ni Madeleine ne commentèrent l'intervention inattendue de Jean. De son propre chef, ce dernier venait d'accomplir des gestes rituels salutaires, il en était encore tout ébahi lui-même et, ne trouvant pas les mots pour expliquer son acte, choisit de se taire.

La nuit suivante, il fit un rêve. Il marchait seul sur un immense plateau caillouteux et presque inhabité. Le long de l'unique chemin, étaient plantées çà et là quelques masures entre lesquelles broutaient une dizaine de chèvres pleines, aux mamelles pendantes. Soudain, il aperçut, à l'ombre d'un acacia en fleurs, une petite chapelle blanchie à la chaux. Il y entra. Le long des murs, dans leurs niches, les saints de pierre conversaient amicalement entre eux, tandis que des enfants et des chevreaux couraient sur les dalles sonores du sol. Alors qu'il se perdait dans la contemplation du lieu, deux êtres s'approchèrent de lui et lui remirent une brindille en prononçant le nom de Madeleine. Puis, ils retournèrent à leurs niches, s'y assirent et reprirent tranquillement leurs bavardages. Sous chacune des cavités dans lesquelles ils se trouvaient, Jean lut leurs noms gravés sur des plaques argentées : Saint Expédit, Saint Benoît.

Une fois réveillé, il songea à ces deux figures de la religion catholique. Le premier, il le connaissait et même s'il se raisonnait, il ne pouvait s'empêcher de le craindre un peu depuis quelque temps. Drapé dans sa cape rouge, terrassant un serpent, le saint représentait le Bien anéantissant le Mal. Quant au second, il avait vu madame Pausé l'invoquer souvent. Comme le sommeil l'avait fui, il se leva et se dirigea vers une étagère couverte de livres. Très vite, entre de vieux dictionnaires à la couverture branlante, un missel jauni, des livres de cuisine un peu ratatinés, divers romans pour enfants, il trouva ce qu'il cherchait : un ouvrage sur la vie des saints. Saint Benoît y était décrit comme le gardien des âmes des défunts. En outre, son principal rôle était de repousser les mauvais esprits.

Cette fois, Jean ne parla pas de son rêve à madame Pausé. Il éprouvait le besoin de trouver lui-même une réponse à la question qui le tourmentait : ce rêve venait-il confirmer la scène qui s'était déroulée quelques heures auparavant dans la salle de prières ?…

18

Quand il vit Madeleine participer aux prières, s'enquérir de sa santé, s'aviser de préparer des tisanes, veiller avec eux, Jean l'observa plus attentivement. Il remarqua qu'elle souriait plus souvent. Vrai sourire d'avant le cataclysme. Ses traits s'étaient adoucis, ses lèvres avaient retrouvé leur couleur, ses yeux s'attardaient sur d'autres visages… Peu à peu, le temps avait effacé les anciennes douleurs et la mélancolie qui leur avait succédé.

Deux années s'étaient écoulées et on était au milieu de la troisième. La jeune fille s'était habituée à la nouvelle vie imposée par sa mère et, si elle n'était pas totalement guérie, son état s'était considérablement amélioré.

Le dimanche, de plus en plus, elle délaissait ses amis pour rester avec eux. Un samedi, elle leur proposa même : « Si on allait au cinéma ? ». Madame Pausé et Jean se comportaient comme l'on se comporte avec le chat qui revient après une fugue :

mains tendues, voix apaisantes et heureuses. Imperceptiblement, l'harmonie s'installait dans la maison. Les pièces chuchotaient leur bien-être, les murs soupiraient d'aise…

Puis, il y eut ce lundi soir où elle lui proposa de l'accompagner au salon de coiffure.

- Je n'ai rien à faire, je t'aiderai !

Au comble de l'étonnement, Jean accepta. Tout en conduisant, il chercha toutes les raisons plausibles de cette métamorphose de Madeleine.

« C'est la trêve, pensa-t-il légèrement amusé, je suis réhabilité. Elle réalise que le passé doit être enterré, qu'après tout, nous pourrions nous conduire comme un frère et une sœur puisque nous sommes sous le même toit et que nous avons la même mère… »

Il s'imaginait aussi qu'elle était animée des intentions les plus généreuses : c'était sa façon à elle de le remercier. En compagnie de sa mère, il s'était acharné à lui redonner santé et vie, s'était réveillé sans rechigner à des heures indues lorsque son état avait nécessité des soins. Plusieurs fois, il l'avait portée jusqu'à son lit quand elle avait été trop faible pour se déplacer seule. Il l'avait accompagnée dans des églises et prié avec elle lorsque cela avait été nécessaire. Et puis, il y avait eu cette intervention avec le brin de rotin, intervention involontaire certes, mais bien réelle tout de même…

Elle parla peu durant le trajet. Au salon, ils firent du rangement. Après une journée de samedi très chargée, les employés étaient partis sans nettoyer la salle. Un tapis de cheveux jonchait le sol, des serviettes maculées étaient posées çà et là sur les fauteuils, une fine couche de poussière recouvrait les outils, ternissait les coussins.

Soudain, telle une feuille poussée par le vent, la jeune fille vint se plaquer contre lui. Il était six heures. Une lumière douce tissée de fils d'or drapait la baie vitrée, autorisant toutes les audaces. Il ne l'enlaça pas aussitôt comme cela se fait habituellement dans de telles circonstances. C'est seulement après un temps très long que son cerveau lui commanda d'agir. Il ressemblait à ces prisonniers qui retrouvent leur liberté après plusieurs années de détention. Le manque de souvenirs récents les laisse tout d'abord muets, les paralyse. Ensuite, toutes les fibres de leur corps se mettent à vibrer à un rythme fou. Lentement, il leva le bras gauche, puis le droit, entoura ses épaules. Déjà, elle l'embrassait. Goût de lèvres. Goût oublié ! Au même moment, il sentit remuer en lui le désir. Sensation oubliée !

Tout ce temps d'oubli total de son corps ! Et voilà que tout à coup, il ne pensait plus qu'à sa chair et qu'à son cœur distendus. Sa peau sous ses vêtements palpitait comme jadis au contact des corps parfumés… Une chaleur intense inondait le bas de son ventre…

Depuis plusieurs mois déjà, Jean songeait à l'échéance prévue. Il faisait des suppositions, se permettait de rêver. Comme on était proche du terme de la troisième année, il attendait l'accomplissement de la prédiction. Impatience de l'enfant qui attend le jour de Noël !...

- Ce pourrait être elle !... murmurait-il à madame Pausé lorsqu'en allant faire des courses, ils croisaient une inconnue à l'allure avenante.

- ... Ou plutôt celle-là, mais elle paraît timide !

Il faisait en quelque sorte du lèche-vitrines en flânant. Cela les amusait

À vrai dire, Jean, légèrement anxieux, se demandait comment il allait la reconnaître. Quels indices allaient lui permettre de l'identifier ?

Mais ce qui l'inquiétait le plus, c'était que l'élue ne pouvait pas être n'importe qui. La compagne d'un médium guérisseur, à défaut de posséder les mêmes facultés que son compagnon, doit au moins être au fait de certains phénomènes ésotériques. De plus, il aurait fallu qu'elle soit pieuse, compréhensive, patiente, portée vers la philanthropie. Souvent, Jean s'inquiétait :

Comment annoncer à une jeune fille sans la faire fuir : « Vous savez, je suis capable de communiquer avec les esprits ! » ?

Celui qui sait bricoler, peindre ou jouer du violon suscite l'admiration ou l'indifférence car il est dans la norme. Celui qui prétend pouvoir se mettre en relation avec l'invisible provoque indéniablement l'hilarité moqueuse, le scepticisme ou la crainte car il est dans l'irrationnel.

Il savait parfaitement ce que l'imagerie populaire avait engendré à propos de ce dernier phénomène et le comprenait : pièces sombres plongées dans un silence troublant, tables tournantes, atmosphères étranges, exorcisme, magie noire… Le pouvoir d'entrer en transe n'était nullement un atout de séduction.

Et voilà que soudain, tout devenait clair. Madeleine ! Evidemment ! … Pourquoi n'y avait-il pas pensé ? Cela paraissait si simple et tellement confortable ! Il découvrit avec bonheur que sa tendresse pour elle resurgissait, intacte. C'était comme si son amour, roulé en boule pendant l'hiver, s'épanouissait au printemps.

Balayées toutes ses inquiétudes !… Restait à se lancer à nouveau dans la vie de couple ! …

Madame Pausé qui préparait le dîner faillit lâcher le plat qu'elle tenait quand elle les vit rentrer, main dans la main, sourire aux lèvres.

- Avouez que vous le saviez, lui dit Jean en riant.

- Non, je vous le jure ! Ne croyez pas que je sais tout ! assura-t-elle. Le médium guérisseur n'est pas forcément mis au courant de son avenir. Le don de voir ne lui a pas été attribué pour qu'il en tire un avantage personnel, je le répète... Mais, je suis heureuse pour vous. Rien n'aurait pu me faire plus plaisir.

On ouvrit une bouteille de champagne pour fêter l'événement. Dans la soirée, madame Pausé prétendit qu'elle était un peu pompette et s'éclipsa rapidement. La chambre de Madeleine accueillit les jeunes gens. Très vite, ils réapprirent à parler d'amour.

19

Lorsque l'homme ouvrit la porte du salon de coiffure, Jean trembla. Le magazine qu'il feuilletait lui échappa des mains.

L'homme se tint sur le seuil, le regarda droit dans les yeux et lui dit :

- Je n'entre pas. Ton salon n'est pas propre!

Ces étranges propos l'éclairèrent définitivement.

« Les esprits ne se mettront pas facilement en contact avec toi si tu te trouves dans un endroit impur », lui avait appris madame Pausé !

Le salon de coiffure, lieu de passage, voyait défiler effectivement toutes sortes de gens à longueur de journée, chaque personne portant en elle son lot de soucis, de préoccupations plus ou moins saines, de peines.

Aussitôt alerté par cette entrée en matière inhabituelle et par ses propres réactions : tremblements, frissons, il se demanda ce que lui voulait l'homme qu'il venait d'ailleurs d'identifier : Jérôme, un cousin éloigné. « Quelle nouvelle m'apporte-t-il ? se demanda Jean, une bonne, une mauvaise ? Est-ce un charlatan ? Est-ce un ami ? J'ai réagi à son arrivée, il se passe quelque chose d'anormal… Vigilance ! »

Jean se leva. Ce cousin, il l'avait rencontré quelques années plus tôt par hasard, chez ses grands-parents ou chez des amis. Les relations entre cousins du deuxième ou du troisième degré sont souvent interrompues pour je ne sais quelle raison ou sans raison. Les années cheminent, installant l'oubli entre les ramifications d'une même famille. Quelquefois, dans la vie, on se retrouve autour d'une tombe, ou à l'occasion d'un mariage. Aux réunions de famille, lorsque les plus vieux évoquent tel ou tel souvenir, un nom peut être prononcé. Alors les plus jeunes entendent parler d'untel sans l'avoir jamais vu. Et à leur tour, ils disent à leurs enfants : « Untel fait partie de notre famille… »

Jean sortit du salon.

- Salut Jérôme ! Comment va la famille ? Et ton père ? Et ta mère ?

Les questions d'usage se bousculaient. Les souvenirs affluaient. On brûlait de parler des autres, de soi-même. On était heureux de se retrouver ! Chacun justifiait son silence : « Le travail, le cours de la vie, le manque de temps… »

- Il fallait que je te voie, finit par dire Jérôme. C'est la raison pour laquelle je suis là. Nous sommes de la même famille, nous avons les mêmes ancêtres… Ce sont eux qui m'ont « demandé » de te contacter…

Le flot des passants s'écoulait lentement sur le trottoir car il était presque midi.

- J'ai un dernier client qui doit arriver tout à l'heure, coupa Jean, si nous nous retrouvions ce soir ? La pêche, est-ce que ça te dit ? Nous ne serons pas dérangés. Disons cinq heures et demie sur le port.

- D'accord, dit le cousin.

- Apporte une gaulette solide. Il y a des raies qui rôdent dans le coin… et des petits requins.

- C'est vrai ? demanda le cousin alléché.

Comme il tournait les talons, Jean le rappela:

- Je viendrai avec ma copine.

Le long des quais désaffectés du port, le lieu de pêche était réputé et agréable. Les reliefs rejetés par les bateaux appâtaient les poissons. Beaucoup de pêcheurs s'installaient là le soir, certains debout, d'autres assis sur des tabourets. Une lumière dorée enveloppait l'onde, l'endroit était d'une grande beauté à la tombée du jour. Pour cette raison, des femmes et des jeunes filles se trouvaient là aussi, les unes lisaient ou tricotaient, les autres accrochaient des appâts aux hameçons ou lançaient des lignes. Mais tout le monde se taisait.

Les cousins durent se mettre à l'écart pour pouvoir bavarder en paix.

- Tu es comme moi, commença Jérôme, comme mon père également, tu as le « don ». Tu « travailles » déjà, je crois.

- Oui répondit Jean, et il lui raconta brièvement tous les événements qui avaient influé sur le cours de sa vie.

- Justement, dit Jérôme. Ce n'est pas madame Pausé qui t'a transmis ce pouvoir, elle ne t'a pas tout dit.

Jean faillit lâcher sa canne. Madeleine écarquilla les yeux.

- Quoi ? demanda-t-elle.

En réalisant qu'elle avait haussé la voix, elle jeta un regard vers les autres pêcheurs. Mais ceux-ci paraissaient toujours absorbés par ce qui se passait à la surface de l'eau. Jérôme poursuivit:

- Ce don nous vient de l'un de nos ancêtres, guérisseur également… Il nous a été transmis à notre naissance. La vie que tu as menée ne t'a pas permis de l'exercer jusqu'au jour où tu as rencontré madame Pausé. Le contact entre vous deux s'est alors fait automatiquement car vous étiez munis des mêmes dispositions.

- Et maintenant ? …

Jérôme hochait la tête. Il réalisait combien son cousin pouvait être bouleversé par la révélation inattendue qu'il venait de lui faire. Il se tut en attendant que Jean retrouve son calme.

Jean oublia la pêche. La ligne tendue à craquer plongeait désespérément dans l'eau ; le bouchon avait disparu. Trop tard ! C'est à l'absence de tension qu'il comprit qu'un poisson avait mordu, puis mangé l'appât avant de filer en emportant l'hameçon.

- Ce devait être un gros ! Il ramena sa ligne et s'arrêta de pêcher. Pourquoi ne l'ai-je pas su avant?

- Tu as été sauvé de la mort, puis tu as « travaillé » avec Ceux qui avaient racheté ta vie. Cela paraît juste. Mais il faudrait songer, à partir de maintenant, à « travailler » avec nos ancêtres.

Le couchant avait perdu de son éclat lorsqu'ils regagnèrent leurs voitures. Les hauts de l'île disparaissaient sous une vapeur grisâtre. Une brise crépusculaire poussait doucement la nuit vers l'océan…

- Alors, mon mari pêcheur, ou qui lé poisson ? chantonna madame Pausé en riant. La pas becqué ? N'avait point d' vers ! Moin la fini dit a zot : i trape pas poisson ek crevettes congelées, marmailles ! Ou ça zot la vu ça ? Zot i croit ban' poissons lé bêtes[1]?…

---

[1] Ils n'ont pas mordu ? Il n'y avait pas de vers ! Les crevettes congelées ne font pas de bons appâts. Vous croyez que les poissons sont bêtes ?

- Oui, je crois que vous avez raison, répondit distraitement Jean.

Après le repas, elle s'inquiéta de leur silence.

- Qu'avez-vous tous les deux ? Vous n'avez pratiquement rien mangé. Et vous n'êtes guère bavards !

Jean et Madeleine échangèrent un regard puis, embarrassé, le jeune homme commença :

- J'ai rencontré un cousin ce soir, un cousin qui est médium aussi…

La vieille femme fit une grimace gênée qui n'échappa pas aux jeunes gens. Puis, elle reprit contenance et, du regard, encouragea Jean à poursuivre.

- C'est difficile à dire… Voilà, il pense que le don de guérir que je possède vient de ma famille, et non de vous. Votre rôle aurait seulement été de m'aider à en prendre conscience, comme un maître. La sensibilité, je l'ai en moi, elle fait partie de ma nature.

Il s'arrêta, jugeant que la vieille dame avait besoin de quelques secondes pour encaisser le choc. Elle se leva de table, repoussa sa chaise bruyamment :

- Et alors ? Qu'est-ce que cela change ? L'essentiel est que tu aies ce don, qu'il te vienne de l'un de tes ancêtres ou non !

À la grande surprise des jeunes gens, elle avait haussé le ton, elle criait presque et gesticulait.

Son visage s'était empourpré. Ils restèrent assis, stupéfaits.

Ainsi, elle savait. Elle avait volontairement maintenu Jean dans l'ignorance de la vérité. Le jeune homme allait lui demander de s'expliquer quand elle reprit :

- Je me suis occupée de toi pendant trois ans comme on s'occupe d'un enfant. Et aujourd'hui, tu me fais des reproches ! …Voilà comment je suis remerciée ! J'aurais mieux fait de prendre des vacances, d'aller en voyage, que sais-je ?

Et alors, pendant quelques minutes, elle lui rappela toute la peine qu'elle avait dû endurer à cause de lui.

Le doute qui avait effleuré un instant Jean et Madeleine se dissipa bien vite. Il fit place à la certitude que madame Pausé ne leur avait pas tout révélé. Mais quelle raison l'avait poussée à se taire ?

Jean se trouvait dans la situation de l'enfant apprenant que celle qu'il appelle « maman » n'est pas sa véritable mère.

Troublé, il l'entendait à peine. Une seule question, venant s'ajouter à toutes celles qui le harcelaient depuis longtemps, le préoccupait pour le moment:

- Pourquoi ne m'avez-vous rien dit ? lui demanda-t-il, la voix étranglée par l'émotion, j'avais le droit de savoir !

- Je pensais que tu l'apprendrais assez tôt par toi-même ; j'ai eu tort, je le reconnais aujourd'hui. Je ne voulais pas que tu prennes cette nouvelle trop à la légère ou que, au contraire, tu aies la tête enflée. C'est que tu es encore jeune ! Et pour bien vivre avec un don de cette nature, il faut être apte à se maîtriser.

Le jeune homme se tut. Que madame Pausé ne lui ait pas fait confiance le contrariait. Ainsi, toutes les interrogations qui l'ébranlaient depuis quelque temps se trouvaient fondées et cette complicité qu'il avait crue entière n'était qu'apparente. Il s'était totalement livré à son initiation et, à présent, la déception le blessait. Peu importaient les raisons qu'elle lui donnait, une seule chose comptait : la vieille dame ne lui avait pas fait part de toutes les informations dont elle était dépositaire. Devait-il lui en vouloir ? Etait-ce normal qu'un maître ne révèle pas tout d'emblée à son élève ?

Il avait besoin de prendre du recul pour le savoir...

Quelques jours plus tard, Jérôme conduisit Jean chez Bastien, son père. C'était un homme d'une soixantaine d'années dont Aimable leur avait souvent parlé.

- Jérôme m'a tout expliqué, commença-t-il en accueillant chaleureusement le jeune homme.

- Oui, c'est le « grand-père » qui m'a demandé de le contacter, précisa Jérôme.

- Situation gênante en vérité, reprit Bastien. En as-tu parlé à madame Pausé ?

- Oui, elle n'a pas très bien réagi. Elle s'est emportée et nous a accusés de vouloir la quitter comme des ingrats. Depuis, un froid s'est installé dans la maison. Nous nous entendions si bien ! soupira-t-il.

Bastien alluma une cigarette. Puis, il invita Jean et Jérôme à le suivre sous la varangue. Il était cinq heures. Sa femme s'affairait dans la cuisine. Deux de ses petits-enfants s'amusaient à côté d'elle.

- Nous serons plus tranquilles, expliqua-t-il.

Jean remarqua qu'il tremblait un peu. Oh légèrement ! Cela n'avait rien à voir avec les secousses qui l'ébranlaient lui, au moment où il entrait en contact avec un esprit. Ils s'installèrent dans des fauteuils en rotin blanc.

Le regard de Bastien erra par-delà les arbres immobiles du grand jardin. Ses yeux s'imprégnèrent d'une lumière intense et profonde qui semblait venue d'ailleurs. Un sourire ineffable le transfigurait. Une douceur tranquille illuminait son visage.

Lentement, il se tourna vers Jean. À présent, il ressemblait à ces êtres sans âge que l'on rencontre parfois loin des civilisations trépidantes. En les voyant, on songe à la sagesse, tout simplement. Jean comprit alors qu'il se trouvait en contact avec l'esprit de l'un de ses ancêtres disparus.

- Mon enfant, commença-t-il, je suis l'un de tes aïeux…

Jamais Jean n'avait entendu de voix aussi paisible, aussi paternelle.

- Je vivais au Maroc. J'ai été déporté dans cette île. J'y ai eu des enfants. Toi, tu es l'un de mes descendants.

Il s'arrêtait un peu entre chaque phrase qu'il prononçait calmement. Il fumait et le geste qu'il effectuait pour porter la cigarette à ses lèvres était posé, lent. Il lui dit ensuite son nom, un nom aux consonances étrangères que Jean ne retint pas.

- Lorsque tu voudras entrer en contact avec moi, tu devras prier d'abord, puis m'appeler. Je viendrai, où que tu te trouves.

Il fit une pause avant de poursuivre :

- Par ta naissance, tu as le don de voir, de guérir. À partir de maintenant, tu es capable de faire seul ton chemin. Avec la permission de Dieu, tes autres ancêtres, tes grands-parents et moi-même, nous te guiderons. Nous serons toujours auprès de toi pour t'aider et t'inspirer dans le bien.

De minuscules volutes blanches s'échappaient de la cigarette. Il s'adressa ensuite à Jérôme :

- Mon enfant, apporte-moi un verre d'eau, je m'en vais maintenant !

Le soleil n'était plus qu'un gros fruit coupé en deux. Il éclaboussait l'horizon de jus rouge.

20

L’atmosphère devint lourde pendant le temps nécessaire à la recherche d’un appartement et, en attendant leur déménagement, les jeunes gens préférèrent s’installer à l’hôtel.

- C'est décidé alors, vous partez bientôt !

- C'est mieux ainsi, répondit Jean, nous ne pouvons pas nous entendre en ayant des guides spirituels différents, et je suis tenté de choisir les esprits de ma famille. N'importe qui à ma place agirait ainsi.

- De toute façon, vous ne pouviez pas faire votre vie chez moi, convint-elle. Jean, maintenant que tu es guéri, tu n’as plus aucune raison de demeurer ici. Tu es capable de voler de tes propres ailes avec ce que je t'ai appris. Madeleine, tu as trouvé un homme bien. Alors, partez ! À mon âge, j’ai besoin de me reposer un peu.

C’est avec beaucoup d’émotion que Jean et madame Pausé virent arriver le jour de la séparation. Il s’agissait de la séparation d’un maître et de son élève après trois ans d'initiation. Il s'agissait également de la séparation d'une mère et de son fils, ils le savaient tous les deux, même si, à la fin, leur bonne entente avait été mise à l'épreuve. Mais, se disaient-ils au fond d'eux-mêmes, n'est-il pas dans l'ordre des choses que, lorsqu'un enfant a suffisamment grandi, il remette en question l'autorité familiale afin de suivre seul son propre chemin de vie ? N'est-ce pas une condition nécessaire à sa maturité ?

Après avoir déniché à Saint-Gilles un petit appartement dont le principal mérite était de les éloigner du lieu de la tragédie qu'ils avaient vécue tous les deux, Jean et Madeleine s'arrangèrent pour boucler sacs et valises hors de la vue de madame Pausé afin de la ménager.

En dépit des reproches paternels, Jean avait continué à aller voir ses parents tout au long de ces trois années, les tenant régulièrement au courant des nouveaux événements qui bouleversaient son existence. Même s'il sentait son père sceptique, le jeune homme, par ses récits répétés, le forçait en quelque sorte à accepter la réalité

Aimable avait très mal pris les déboires conjugaux de son fils qui n'avait eu, selon lui, que ce qu'il méritait.

- Quelle honte ! avait-il répété pendant longtemps, quelle honte ! Divorcer après un an de mariage ! C'était pas la peine d'inviter tout ce monde, de faire le fier, de dépenser autant d'argent ! Il lui reprocha encore la réception dans un hôtel, autour de la piscine « comme si ou l'était in gros Blanc. Fille-là té trop bien pou ou ! Solment, ou té i fait l' vagabond, pou court derrière toutes femmes i passe ! Spèce secouillèr d'morès, sakavol ![1]»

Il apprit donc avec satisfaction que des cousins éloignés l'avaient retrouvé. Il s'imaginait que ce rapprochement avec la famille ne pouvait que lui être salutaire et le ramener dans le droit chemin.

Jean, quant à lui, préféra l'éviter pendant quelque temps. Mais un jour, il fallut bien lui parler de Madeleine. Autre cause de tracas pour le jeune homme qui dut lui avouer l'identité de sa compagne.

- Eh bien ! Ça c'est le bouquet ! s'était exclamé Aimable sur un ton ironique. Tu as quitté ta femme, tu t'es installé chez une étrangère comme si tu n'avais plus de famille, et à présent, tu comptes épouser sa fille !

Une fois de plus, il reprocha à Fernande sa faiblesse vis à vis de ses enfants. Leur irresponsabilité, d'après lui, ils la devaient à leur mère, toujours prête à tout accepter et à tout comprendre

Toutefois, quand les cousins furent invités à la Ravine des Cabris pour des retrouvailles émou-

[1] Ta femme était trop bien pour toi. Tu n'étais qu'un coureur de jupons, une tête en l'air !

vantes, Jean vint, accompagné de Madeleine qui découvrait pour la première fois sa future belle-famille. Pour Aimable, la joie de revoir ses cousins effaça les fautes du fils débauché.

- Depuis le temps qu'on ne s'est pas vus ! s'exclama Aimable. À vrai dire cela date de la mort de ta mère, Bastien, c'est tellement loin !

- Oui, je le crois bien cousin. Comment vas-tu? demanda Bastien en lui donnant une bonne tape dans le dos. Mais le sang de la famille est là qui parle en nous, on va rattraper le temps perdu ! Comme autrefois !

- Pour commencer, on va arroser ça ! Fernande, apporte-nous ton tit rhum arrangé !

Fernande, heureuse du bonheur de son fils, avait préparé un cari de poulet sur le feu de bois et sorti sa vaisselle des grands jours. Comme la journée était très belle, la table fut dressée sous la treille.

On bavarda beaucoup dans la bonne humeur et la joie, mais l'heure passait vite. On avait à peine le temps d'égrener ses souvenirs.

Seule Madeleine eut beaucoup de mal à se détendre. Les récits de Jean concernant son père ne l'avaient pas mise en confiance. Pas très à l'aise à l'heure du repas, elle osa à peine toucher à son assiette, épiant sur le visage d'Aimable les moindres signes de mécontentement ou de réprobation. Mais Aimable fut courtois, se contentant uniquement d'observer à la dérobée cette fille dont il ne savait que penser. Il ne pouvait s'empêcher d'être méfiant, car, après tout, elle était la fille de cette femme qui lui avait pris son fils.

À l'heure du dessert, Jean dit :

- Maman, papa, je vous annonce qu'on va se marier, Madeleine et moi.

Tout le monde se tut autour de la table. Seul un bourdonnement du côté des raisins de la treille troublait le silence : des abeilles voletaient autour des grains roses tandis que trois guêpes dorées s'efforçaient de trouver un passage entre les grappes et les feuilles. Une tourterelle solitaire roucoula sur le margosier du jardin.

- Nous avons pensé que cela pourrait se faire dans six mois…

- S'coup-ci, fais in manière pou mette in peu d' plomb dans out tête, lui dit Aimable. Si zot deux la bien réfléchi, fais rouler alors !

Jean et Madeleine ne savaient que répondre. Le garçon qui avait senti dans l'intonation de son père un soupçon d'agacement et d'ironie, craignait surtout que celui-ci ne lui tombe à nouveau dessus, proférant des remarques déplacées en pareille circonstance.

- Voilà une bonne nouvelle ! intervinrent en chœur Fernande et les cousins, afin de sauver la situation. Ça i arrose ! Aimable, amène ti rhum arrangé-là ! ajouta Bastien.

Aimable n'avait jamais vraiment cru au don de son fils. Depuis le début, des sentiments opposés l'agitaient. À certains moments, il jugeait la chose possible ; à d'autres, il pensait que madame Pausé avait manigancé toute cette histoire pour je ne sais quelle obscure raison et il lui en voulait. Aussi ne voyait-il pas d'un très bon œil ce prochain mariage qui allait rapprocher les deux familles. Même s'il faisait bonne figure, n'osant tarabuster son fils devant ses invités, c'est sans grand entrain qu'il servit à boire pour fêter l'événement. Fernande se dirigea vers la cuisine pour préparer du café.

Le soleil commençait à décliner, éclairant le dessous de la treille. Chacun se déplaça afin de rester dans l'ombre qui avait fui d'un bon mètre vers la façade de la maison. Trois oiseaux blancs visitaient les grappes, sautillant et pépiant bruyamment. Leur chahut attira un instant l'attention de tous. Puis, Fernande revint avec un plateau.

Brusquement, Jean se mit à trembler. Tout le monde comprit ce qui allait se passer. Retenant sa respiration, chacun attendait… Aimable se leva avec l'intention de se diriger vers son potager, comme si ce qui allait suivre ne le concernait pas.

- Non, lui dit Jean, reviens ! Ce que je vais dire t'intéresse.

Aimable n'osa pas défier son fils qui se permettait de s'adresser à lui sur un ton autoritaire qu'il ne lui connaissait pas.

- Assieds-toi et écoute-moi. Tu n'as pas toujours été très correct envers ta femme et tes enfants, tu les as fait souffrir… Il est temps de changer. Cesse ces récriminations contre ta famille, cesse de rendre la vie dure à ton entourage !

Aimable se redressa pour répliquer, mais Jean ne le regarda pas et poursuivit sur le même ton monocorde : « La chair de ta chair est différente de toi, il faut l'accepter. La femme qui a sauvé ton fils de la mort ne l'a pas ensorcelé, rassure-toi. Ton enfant va maintenant poursuivre sa route et quand le temps sera venu, il mettra son don au service des autres. »

Surpris et désorienté, Aimable se tut, comprenant que celui qui venait de s'adresser à lui n'était pas son fils, tel qu'il le connaissait. C'était quelqu'un d'autre… Qui ?… Il n'aurait su le dire, mais il comptait désormais sur Jean pour le lui apprendre. Pour la première fois, il posa sur son fils un regard différent. Regard rempli de curiosité, d'estime et d'amour. Ses yeux se mouillèrent. Il se gratta la tête pour se donner une contenance et déclara d'un air penaud en regardant Fernande : « Ce qu'il dit est vrai. Mais la vie n'était pas facile non plus, il fallait mener le bateau d'une main ferme ! »

Jean se leva, but un verre d'eau et, revenu à lui, dit à Fernande :

- Alors, manman, ou qui lé ti café-là ?

- La fini frédi ! Ma allé archauffer !

Elle remporta le plateau pendant que la conversation tournait autour des difficultés de la vie dans l'temps longtemps. Il fallait, au dire de chacun, élever les enfants et leur donner une situation. N'avait point d'secours, n'avait point d'zallocations, té i faut trouve toute par ou minme !... Et quand ban' ti marmailles l'était malades ? Parle pas[1]!...

Comme l'après-midi tirait sur sa fin, Aimable proposa :

- Il faudra remettre ça ! Asteur, zot l'a fini trouve chemin, obli pas, arvient voir a nous[2]!

- Ouais ! Tracasse pas, cousin ! le rassura Bastien, mais tu sais ce qui me ferait plaisir ? Ce serait de revoir des champs, les champs dans lesquels on allait quand on était petit. Est-ce qu'il y a toujours des lièvres là-haut ? Et des cailles malgaches ? Tu te rappelles ces pièges qu'on posait près de la source ? Les francolins qu'on a élevés dans une cage et qu'un enfant a libérés un jour ? Il s'est pris une de ces volées !...

Et soudain replongés dans leur enfance, ils rirent de bon cœur.

- Quant à moi, dit Jérôme, à travailler comme je le fais, toute la journée derrière un bureau, l'oreille collée au téléphone, j'ai oublié la couleur des champs et l'odeur de la terre.

---

[1] Il n'y avait aucune aide sociale, aucune allocation. On devait pourvoir à tout.

[2] Maintenant que vous connaissez la route, revenez nous voir !

- La terre, dans les hauts, est rouge, dit Bastien, rouge comme volcan, fine ! Vraiment, c'est de la jolie terre !

Et Aimable, conquis par ces cousins qui lui parlaient de sa terre avec tant d'émerveillement, fut ému jusqu'aux larmes. Les citadins repartirent chez eux, chargés de cadeaux : des mains de bananes, un panier de légumes divers, deux poulets pays.

Un peu avant le départ des invités, Aimable se rapprocha de Madeleine et de Jean :

- Reviens quand tu veux, dit-il à la jeune fille, la maison te sera toujours ouverte. Bientôt, Fernande et moi on ira rendre une visite à ta mère.

Alors, Jean prit la main de Madeleine et la regarda dans les yeux :

- Justement, j'avais pensé que nous pourrions aller la voir cette semaine. Qu'en dis-tu ?

Madeleine lui sourit. Un bonheur sans ombres se lisait sur ses traits. C'était la première fois que Jean reparlait de sa mère depuis qu'ils l'avaient quittée.

- Et il faudra sans doute commencer à préparer votre mariage, conclut Aimable. Le temps passe tellement vite !...

Epilogue

Un jour qu'il souffrait du dos, Jean alla consulter un médecin d'origine asiatique. C'était un client qui le lui avait conseillé, disant que cet homme s'intéressait beaucoup aux énergies et soignait par acupuncture. Jean ne lui dévoila pas d'emblée ses capacités à capter les ondes émises par les disparus. Il lui dit seulement qu'en face de certaines personnes, il se sentait parfois « bizarre » comme s'il ressentait un poids en lui. Il lui raconta que d'autres fois, il avait l'impression de ne pas être seul, il percevait des frôlements ou des présences autour de lui. Il ajouta que son métier, en le mettant en contact permanent avec des clients, favorisait ce genre d'expériences. Le médecin, à l'aide d'un objet ayant la forme d'un prisme lumineux, apprécia la nature de son aura. Il hocha la tête d'un air rassuré avant de déclarer :

« Monsieur, vous n'êtes ni fou, ni anormal, ni malade. Vous possédez tout simplement un don rare, celui de capter les énergies qui nous entourent. Vous êtes en quelque sorte un canal de transmission par lequel passent les ondes. Ne vous inquiétez pas, n'ayez pas peur non plus de ces sensations bizarres dont vous avez parlé. Ce don vous donne la possibilité de voir ou de sentir des choses que les autres, à côté de vous, ne sentent pas et ne voient pas. Pour le moment, vous êtes jeune, apprenez à vivre avec lui. Plus tard, vers la quarantaine, vous l'utiliserez vraisemblablement dans un but humanitaire car vous êtes porté vers la spiritualité et la philanthropie. Comme vous êtes très sensible, il vous arrivera souvent d'être déséquilibré par les autres. Si cela se produisait, venez me voir, je vous rééquilibrerais. »

Jean se souvint des circonstances dans lesquelles il avait rencontré madame Pausé et se demanda alors s'il venait de rencontrer un autre maître en la personne de ce médecin, quelqu'un qui se présentait pour parfaire son évolution spirituelle. Un vieil adage lui revint en mémoire : « Quand l'élève est prêt, le maître apparaît. »

Bien que les paroles de ce médecin ne fussent pas surprenantes, Jean se sentait rassuré. Ainsi, était-il médicalement reconnu comme possédant une sensibilité hors du commun. Il avait dû passer par des voies semées d'embûches pour s'en rendre compte et espérait désormais, grâce à une parfaite maîtrise du don de médium guérisseur, mener une existence normale en couple et en famille.

***

Autrefois, au Maroc, vivait un homme de bien, un sage musulman…

Autrefois, à Madagascar, vivait un homme de bien, un sage animiste et chrétien…

Autrefois, en Inde, vivait un homme de bien, un sage hindou…

Leurs religions importent peu.

Disparus, ils sont en fait toujours présents. Leurs souffles immortels traversent le temps et atteignent les enfants de leurs enfants.

Imprimé sur les presses de Qualibris, Mercuès
(France)

pour

Les Editions Livres sans frontières

5d rue de l'église 97424 Piton Saint-Leu

La Réunion

editions.lsf@ool.fr

N° 11604 - Dépôt légal : septembre 2011